Karl Stieler

Hochlandslieder von Karl Stieler

Karl Stieler

Hochlandslieder von Karl Stieler

ISBN/EAN: 9783743365070

Hergestellt in Europa, USA, Kanada, Australien, Japan

Cover: Foto ©Andreas Hilbeck / pixelio.de

Manufactured and distributed by brebook publishing software (www.brebook.com)

Karl Stieler

Hochlandslieder von Karl Stieler

Hochlands-Lieder

von

Karl Stieler.

Sechste Auflage.

Stuttgart.

Verlag von Adolf Bonz & Comp.

1890.

Druck von A. Bonz' Erben in Stuttgart.

Meiner lieben Mutter

gewidmet

zum siebenzigsten Lebensjahr.

Zum Geleite.

Fahrt hin, ihr jungen Weisen,
Sucht Obdach euch im Land!
Bei tapferer Faust von Eisen,
In kosender Frauenhand.

Waldhauch hat euch durchdrungen,
Bergluft und Almenschnee —
Ich sang euch, wo gesungen
Wernher von Tegrinsee.

Halt deinen Arm darüber,
Du liedgewaltiger Mann!
Viel Schönheit ging hinüber,
Bergwelt hat ewigen Bann.

Fahrt hin in alle Weiten
Und kündet zu aller Frist
Im Sang von alten Zeiten,
Wie hold die Heimat ist.

Ich sang euch in lichter Sonne
Mit leuchtendem Angesicht.
Mein Sohn war meine Wonne
Und andren begehr ich nicht!

Tegernsee, am Ostertage 1879.

Inhalt.

Deutsches Leben.

Unter der Linde.

Posthuma.

Landsknechtlieder.

Waldkind.

Wanderstunden.

Stimmen der Zeit.

*

Eliland.

Ein Sang vom Chiemsee.

Stille Einkehr.

Frau Minne.

Ausgewandert.

Aus Fiebertagen.

Almenlieder vor tausend Jahren.

Vision.

Werinhers Bergfahrt.

Lenz im Walde.

Es sprach der Abt von Tegrinsee:
„Schon nisten unsere Schwalben,
Herr Wernher, macht Euch auf den Weg,
Schaut aus nach unsren Alben!"

Da ging der Mönch den Pfad dahin,
Ihm ward so seltsam zu Sinne,
Es wob durchs tiefe Tannengrün
Ein Singen voller Minne.

Wie ist der Morgen wundersüß
In solchen Maientagen —
Er sah die wilden Veilchen blühn,
Er hörte die Drossel schlagen.

Und immer lauter schlug auch sein Herz,
„Mög' mich der Himmel strafen!" — —
Herr Wernher, Euer Herz wacht auf,
Und Euer Herz soll schlafen!

Fichtenschlag.

Durchs Dickicht zog er wie verzückt,
Durch grüne Hochwaldhallen,
Da hört' er fern im Waldesgrund
Den Ruf der Axt erschallen.

Er horchte lang und ging ihr nach,
Seitab ging er von dannen,
Bis er zur höchsten Fichte kam —
Da stunden emsige Mannen.

Er sah sie fällen, die Fichte grün,
Er horchte auf ihr Stöhnen,
Er sah verströmen ihr golden Blut
Und wie sie stürzte mit Dröhnen.

Die Mannen jauchzten: die hat uns wohl
Um lange Mühe betrogen,
Nun aber wird der trotzige Stamm
Ins Kloster hinabgezogen!

Herr Wernher fah den Mannen zu
Und finster sind seine Brauen,
Und finster wird seine eiserne Stirn,
Ihn faßt es wie leises Grauen.

Mit beiden Händen dämmt er ein
Der Brust gewaltiges Wogen: —
So ward wohl mancher von edlem Stamm
Ins Kloster hinabgezogen!

III.

Auf der Alben.

Und wie er trat aus dem Gehölz,
Da standen die braunen Hütten —
Da tritt des Klosters holde Magd
Herzu mit scheuen Schritten.

Trägt süße Labung ihm herbei
Und frägt nach seinem Begehren
Und kündet ihm, sie woll' getreu
Des Klosters Wohlfahrt mehren.

Zeigt ihm der Herde weißes Vließ
Und all die Blümlein am Grunde,
Er aber führt die Labung nicht
Zu seinem schweigenden Munde.

Ihm wird zu Sinn, wie einst ihm war
In wonnigen Jugendschmerzen,
Da er noch trug sein langes Haar
Und Sehnsucht im heißen Herzen!

IV.

Diemudis.

Diemudis war die Maid genannt,
Die roten Locken quollen:
„Herr, seht Ihr die Gemsen dort an der Wand,
Hört Ihr die Felsen rollen?"

Da fuhr er empor im langen Kleid,
Als griff er nach Pfeil und Bogen:
„„Wie tausendmal bin zum Gejaid
Ich selber hinausgezogen!

Wie hundertmal bin ich ins Feld
Auf wildem Hengst geritten,
Diemudis! wie viel hab' ich gethan,
Wie mehr hab' ich gelitten!""

Wie seine Stirne bebt und schwillt!
Er hat die Faust erhoben —
Nun bin ich selber ein armes Wild,
Doch wohlig ist es hier oben!

Er faßt das Mägdlein bei der Hand,
Die roten Locken quollen:
„„Siehst du die Gemsen dort an der Wand?
Hörst du die Felsen rollen?""

Gefangen.

Sie hatte den blauen Blick gesenkt
Und sprach: „Wie soll ich's Euch lohnen,
Daß Ihr mir so viel Huld geschenkt,
Mög' Leid Euch immer verschonen.

Ich bin des Klosters arme Maid
Und bin des Klosters zu eigen,
Ich bin nicht frei, wie Ihr es seid,
Was könnt' ich Euch Holdes erzeigen?"

Da sah er sie an so wonnescheu,
Es flammten seine Wangen.
„„Diemudis (sprach er), du bist frei,
Herr Wernher ist gefangen!""

VI.

Frau Minne.

Es blitzt sein Aug', es bebt sein Mund,
Ihm ward so süß zu Sinne,
Sie saßen nieder im grünen Grund —
Frau Minne kommt, Frau Minne.

Er sprach: Es keimt in Wald und Feld,
Die Blumen grüßen und winken,
Nur einmal noch laß mich die Wonne der Welt
Von roten Lippen trinken.

Von deinen Lippen heiß und weich —
Da hat er sie umfangen . . . .
Der arme Herr Wernher, er war so reich
Mit seinen glühenden Wangen.

Die bunten Blümlein sie nickten schen,
Die Vöglein lockten und riefen —
Und über ihnen stieg ein Weih
In flutende Himmelstiefen.

Mit den Falken.

Dann aber hob sein Falkenaug'
Herr Wernher von der Erden.
O könnten die zwei Arme doch
Zwei rauschende Flügel werden — —

Und die zwei Arme breitet er
Aus wallenden Gewanden —
O könnt' ich solch ein Falke sein!
Diemud, hast du's verstanden?

Hoch über dir und nah bei dir
So ganz im Blauen schweben —
Mein ewig Heil, ich gäb' es heut
Um solch ein Falkenleben!

VIII.

Abendstunde.

Und vor der Hütte auf dem Stein
Saß er an ihrer Seite,
Und mancher lange Seufzer gab
Den Worten das Geleite.

Er sprach aus ferner Jugendzeit,
Er sprach aus fernen Landen,
Er sah es nicht, wie weit und breit
Die Sonnenstrahlen schwanden.

Da schrak er auf — da horcht' er auf —
Was mag der Klang bedeuten?
Doch aus der Tiefe steigt herauf
Des Klosters Abendläuten!

„Lebwohl, lebwohl!" — Er war so traut
Zur Seiten ihr gesessen.
Daß tief da drunten ein Kloster lag,
Er hatte es tief vergessen!

IX.

Im Chore.

Im nächt'gen Chor zu Tegrinſee
Da ſitzen die Mönche, die frommen,
Herr Wernher war zur rechten Zeit
Zur Mette noch gekommen.

Herr Wernher ſaß in ſeinem Stuhl
Und ſang die Weiſe, die alte,
Doch durch ſein Beten klang es hin
Wie Vogelſang im Walde.

Und durch ſein Beten zog es hin
Wie lauter Blumen und Sonne . . .
Du biſt mîn, ich bin dîn*),
Er ſchloß die Augen vor Wonne.

Dann ward es ſtille in ſeiner Bruſt.
„Mög' mich der Himmel ſtrafen!“ —
Herr Wernher, Euer Herz war wach,
Und Euer Herz muß ſchlafen!

---

*) Anfang des berühmten dem Werinher zugeſchriebenen Liedes.

Hohenschwangau.

I.

Hiltbolds Burg.

(1220

Im Gestein, dem wettergrauen,
   Eingewiegt in Waldesnacht,
An zwei Seeen, spiegelblauen,
Steht ein Schloß auf hoher Wacht.

Aus der Walchen fernen Tagen
Trägt noch manchen Stein der Bau.
König Dietrichs Goten lagen
Pfadesuchend hier im Gau.

Welfentrutz saß hier im Horste,
Und auf urwalddunkler Spur
Zog im finstren Tannenforste
Elch und Eber, Bär und Ur.

Doch die Wildnis ist zergangen,
Und soweit von Baierland
Berge hin nach Schwaben hangen,
Steht kein schön'res Schloß im Land.

Und wer frägt um Burg und Zinne,
Nach dem Herrn von Wald und Au,
Der wird deines Namens inne:
   Hiltebold von Swanegau!

Ein Minnesinger.

Hiltebold von Swanegawe,
Weithin klingt dein Saitenspiel!
Und dein Lied gilt holder Fraue,
Welcher Sang hat süßres Ziel?

Wer in deinen Kemenaten
Wandermüd zu Raste geht,
Dessen Sinn ist wohl beraten,
Ob die Welt im Winter steht:

Denn beim Gold von Lied und Reben
Ist die längste Nacht nicht lang,
Mehr als Macht und Burg und Leben
Wert' ich solchen süßen Sang.

Einsamkeit.

Hoch im Gaden, laubumwoben,
Klingt der Saiten Goldgetön,
Und Herr Hiltbolt singt da droben —
Einsamkeit, wie bist du schön!

Allen Winden will ich lauschen,
Rauhem Nord und lauem Föhn,
Waldesodem, Bergbachrauschen —
Einsamkeit, wie bist du schön!

Und ein Wildschwan fliegt vorüber
Südwärts in den blauen Höhn.
Mir ist stille Heimat lieber —
Einsamkeit, wie bist du schön!

IV.

Elisabeth.

(1259.)

Der Abend sinkt, der Lenzwind weht,
Fort sind die Mannen;
Im Söller lehnt einsam Elisabeth
Vor den rauschenden Tannen.

Der Staufenkönig war ihr Gemahl,
Der ist geschieden — —
Sie lugt hernieder; um Wald und Thal
Schwebt Abendfrieden.

Der ist gesenkt in die kühle Gruft —
Und wer gewesen
Sein Weib, kann auch in Waldesduft
Nicht mehr genesen!

Öd ist das Reich, zerstreut das Heer
Und tot mein König —
Wie fand ich doch so viele Ehr',
Und Glück so wenig!

V.

Schweres Ahnen.

Des Baiernherzogs blonde Schwester,
Des Staufenkönigs Ehgemahl,
Sie zog den keuschen Gürtel fester,
Es rauscht der Nachtwind durch das Thal.

Und ihr zu Füßen spielt ein Knabe
Im Samtgewand, verbrämt mit Veh.
Sie sprach: Dein Vater liegt im Grabe,
Dein Erb' ist Deutschland und sein Weh.

Sie küßt ihm beide Augen sachte,
Sie wiegt ihn kosend auf den Knie'n,
Sie weinte leis, dieweil er lachte . . . .
Mein Schmerzenreich, mein Konradin!

Was magst du Leides noch erfahren
In deutschen Gau'n und welschem Land?
Und mit des Knaben goldnen Haaren
Spielt ahnend ihre weiße Hand!

VI.

Totenklage.

(1268.)

Es rauscht daheim im Tannenwald,
Die Drossel hat ausgesungen,
Der Abend verglimmt und das Läuten verhallt
Um König Konrad den Jungen.

Ihn traf der Henker und alsofort
Hat den Henker ein Dolch durchdrungen:
Er sollt' sich nicht rühmen, daß er gemord't
König Konrad den Jungen.

Dann hat sich aus blauer Himmelsflut
Ein Adler niedergeschwungen
Und zog seinen Fittich durchs rote Blut
Von König Konrad den Jungen.

Weit draußen aber an deutschem Geländ
Ist manches Herz zersprungen —
So ging der Staufen Pracht zu End'
Mit König Konrad dem Jungen!

VII.

Zerfallen.

(1648.)

Nun ist zerfallen das Gebälk,
Zergangen das Gemäuer;
Der Riegel Rost, das Gärtlein welk,
Und öde Saal und Scheuer.

Und wer noch auf Verderben sann,
Fand nichts mehr zu verderben.
In dreißig Jahren Krieg zerrann
Das Erbe samt den Erben.

So einsam liegt im Tannendicht
Die Burg mit ihren Auen,
Viel blaue Augen schloßen sich —
Nur die zwei Seeen blauen.

Viel rote Lippen wurden stumm,
Es brach der Schwan die Schwingen.
Und nimmer schallt ein Sang ringsum,
Als den die Vöglein singen!

Auferstehung.

Alte Burg im Fichtengrunde,
So ist all dein Ruhm dahin,
All dein Ruhm aus Hiltbolts Munde
Und von König Konradin.

Laß sie schwinden — Zeit und Dinge!
Aber du geduld' dich fein;
Wohl zweihundert Jahresringe
Wachsen noch im Walde dein:

Dann wird neue Lenzluft wehen,
Wieder hebt dein Zauber an,
Dein Gebäu wird auferstehen
Und zum Phönix wird dein Schwan!

Wenn das Banner wallt der Schyren,
Vor dem Thor hallt Hufgedröhn,
Und ein König wird dich küren —
Einsamkeit, wie bist du schön!

Deutsches Leben.

Hinzula.

Ich bin des Klosters Weidgesell
Und trag ein Wams von Wolfenfell,
Zieh' über Berg den Hirschen nach,
Da steht ein Hüttlein ob dem Bach
  Mit braunem Dach —
  Hinzula von der Alben!

Sie ist des Klosters eigen — nein,
Mein eigen will die Traute sein,
Da rast' ich gern von dem Gejaid
Wohl eine liebe lange Zeit.
  Viel holde Maid —
  Hinzula von der Alben!

Ihr Mund ist rot, ihr Hals ist weiß,
Sie blühet wie ein blühend Reis,
Sie ist so froh wie die Vögelein,
Sie ist so süß wie die Blümelein.
  Und sie ist mein —
  Hinzula von der Alben!

Von Sunnwend bis Sankt Jakobstag
Zieh' ich zu Berg durch Holz und Hag.
Sie fragen: Wo mag der Schalk wohl sein?
Bei Bären und Wolfen?? O nein, o nein!
  Du weißt's allein —
  Hinzula von der Alben!

II.

Frauenchiemsee.

Die Wälder ruhn, die Berge blauen,
Es spielt der Wind auf weiter Flut,
Da sitzt im Söller unserer Frauen
　Frau Irmintrud.

Sie spricht: „Mein Herz ist jung an Jahren,
Noch ist mein Mund der Minne hold —
Mein Vater ist mit dem Kaiser gefahren
　Um Ehr' und Sold.

Meine Mutter rastet im kühlen Sande,
Und meines Liebsten Treu und Stät',
Die hat schon lang im fremden Lande
　Der Wind verweht."

Es rauschen die Linden in leisem Schauer,
Es wirft der Wind die Blüten herein,
Die Schwalbe schwirrt um die hohe Mauer —
　„Ich bin allein!"

Frau Irmintrud mit den goldnen Haaren,
Frau Irmintrud mit dem süßen Blick!
Sie spricht: „So schau ich hinaus seit Jahren ...
　Und wart' auf Glück!"

III.

Vale.

Ich bin der Mönch Waltramus,
Dem seliges Leid geschah,
Ich läute die Abendglocken
  Vale carissima!

Es steht eine Burg am Berge,
Wo ich die Traute sah,
Mein Herz klingt in die Glocken
  Vale carissima!

Fern soll mir stehen Minne,
Und stand mir doch so nah!
Es steht ein Kloster im Thale
  Vale carissima!

Sonnige Stunde

(auch eines Mönches Lied).

Ich sitz allein
Beim goldenen Wein,
Der glitzert so klar in der hellen Schale.
Um mein Gesicht
Strömt Sonnenlicht,
Das spielt um die Bogen im Klosterſaale.

Ich träumte mich fort —
Ich war wieder dort,
Wo die Heimat grünt und die Bergeshalde.
Im wachen Traum
Unter rauschendem Baum
Ruh' ich wie einst im Odenwalde.

Ich reit' in die Schlacht,
Der Eisenhelm kracht,
Es stürzen vom Hengst die Ritter und Grafen —
Ihr Aug' zuckt wild,
Auf dem ehernen Schild
Seh' ich den ewigen Schlaf sie schlafen.

Ein Söller glänzt,
Von Reben bekränzt,
Da sitzt eine minnige Maid am Rocken.
Ihr Aug' ist rein,
Und ihr Herz ist mein.
Ich schmiege die Hände um ihre Locken!

Meine Wimper sank,
Wie ein Zaubertrank
So war der Trunk aus glitzernder Schale.
Mein Herz ging auf,
Es stieg herauf . . . .
Als wollt' es sich sonnen im Sonnenstrahle!

V.

Fahrend Volk.

Daß ich so lieb die Freiheit hab',
Das ist mein Leid im Leben!
Möcht' alles, was mir mein' Mutter gab,
Um Freiheit von hinnen geben.

Denk' oft, wenn ich ein Hirt nur wär'
Auf grüner sonniger Weide,
Ich zög' mit den Winden hin und her
Über die wogende Heide!

Denk' oft, wenn ich ein Landsknecht wär',
Das Wams und die Seele offen,
Im welschen Land, im deutschen Heer,
Heut selig, morgen getroffen!

Dann aber möcht' ich ein Spielmann sein
Und ziehen durch alle Gauen,
Zum Burgthor hinaus, zum Burgthor hinein —
Im Söller lauschen die Frauen.

Möcht' alles, was mir mein' Mutter gab,
Um Freiheit von hinnen geben.
Daß ich so lieb die Freiheit hab',
Das ist mein Leid im Leben!

VI.

Gefangen.

(Nach Hartmann von der Aue.)

Wie mag ich wohl die Maienzeit
Verbringen ohne Minn' und Maid?
   Deß ist mir leid!

Wie soll ich wohl den Sommer lang
Verbringen ohne Blum' und Sang?
   Deß ist mir bang!

Wie soll mir doch des Herbstes Schein
Verscheinen ohne goldnen Wein?
   Deß heg' ich Pein!

So ist mir's Winter immerdar.
Und wird wohl auch bald weiß mein Haar —
   Das red' ich wahr!

VII.

Vor Accon.

Da lieg' ich im fremden Land,
So wund seit Wochen,
Und über mein Leben ist
Der Spruch gesprochen.

Ich hab' mein Aug' entwöhnt
Vom Sonnenglanze,
Und meine Hand entwöhnt
Von Schwert und Lanze.

Ich hab' mein Herz gelöst
Von Weib und Kindern,
Hab' meiner Thaten gedacht
Und meiner Sünden!

So grüß' ich euch tausendmal
Am Scheidewege —
O, wär' es deutsches Land,
Darin ich läge!

Letzter Odem.

Alle sind zur Ruh' gegangen,
Und die Wimpern schließ' ich zu,
Wimpern, drin die Thränen hangen,
Sterben, o wie schwer bist du!

Stirn und Wangen fühl' ich beben,
Fieberbleich und fieberrot —
O, wie selig ist das Leben!
O, wie bitter ist der Tod!

Erkerlied.

Auf hoher Burg im Erkerturm,
Da sitz' ich bei der Kunkel,
Bis mich die Dämmerung umspinnt,
Und lug' hinaus ins Dunkel:

Ob nicht der Liebste kommt des Wegs,
Der all mein Herz gewonnen;
Aus weißen Linnen hab' ich schon
Das Brauthemd mir gesponnen.

Er aber weilt in weiter Fremd'
Und zieht bergauf, bergunter — — —
Er aber trägt ein eisern Hemd,
Ein eisern Herz darunter!

X.

Im Turme.

Seit Monden wohl, seit langen,
Gretlin, gedenk' ich dein;
Nun hab' ich dich gefangen,
Gretlin, nun bist du mein!

Es ging vor deinen Handen
Mein Herz ohn' Schlüßlein auf!
Lug aus nach allen Landen
Bergunter und bergauf;

Hier herrsch' ich über die Erden
In Sonnenschein und Sturm,
Magst du mein Schwälblein werden
Und nisten auf meinem Turm?

Mein Haus ist hoch erhaben,
Mein Werk ist hoch gestellt —
Und lieber kann keiner haben
Dich drunten in der Welt.

Junges Nest.

Im Sommer, da giebt's Erntezeit!
Heut sind wir noch zu zweien,
Doch wenn man die goldenen Ähren schneid't,
Derweil sind wir zu dreien!

Der's so gelenkt, der's so gelegt,
Wird's fröhlich weiter lenken —
Wer mag's, daß er gern Röslein trägt,
Dem Rosenstrauch verdenken!?

Vor der Wiege.

An deiner kleinen Wiege steh' ich
Und horche, wie sich's drinnen regt,
In deine kleinen Züge seh' ich
Und lausche, wie dein Herze schlägt.

Wird es im Sturm, wird es im Frieden
Durch dies bewegte Leben gehn?
Das Schicksal, das dir einst beschieden,
Kein Blick der Liebe kann es sehn.

Und dennoch will ich fest vertrauen,
Denn Eines gab dir das Geschick:
Schon deine Kinderaugen schauen
Hinein in helles, volles Glück.

Nie fühlt' ich so mit tiefster Wonne
Das selige Beisammensein,
Und dies Gefühl wird deine Sonne,
Und dieser Segen ist auch dein.

Der gute Engel, der vor Jahren
Die Arme schützend schlang um mich,
Er wird auch dich dem Heil bewahren,
Sein Mutterauge hütet dich.

An deiner kleinen Wiege steh' ich
Und horche, wie sich's drinnen regt,
In deine kleinen Züge seh' ich
Und lausche, wie dein Herze schlägt.

Zur Jahreswende.

So ründet sich das Jahr in Gnaden,
Vom Münster klingt es, Wetter weht;
Ich sitz' daheim in meinem Gaden —
Dies mein Gebet:

Das neue Jahr, dir bring' es Frieden
Und Trost zuerst, du deutsches Land!
Denn an dem Teil, das dir beschieden,
Trägt jede Hand.

Bei mir, in meinen Kemenaten,
Gieb allen Augen Sonnenschein,
Spar du mir Leid, ich sorg' für Thaten —
Gott hüte mein!

Und soll mich sehren eine Wunde,
Denn feig wär' der, der Wunden mied' —
So heil mir die bei rotem Munde
Und holdem Lied!

Unter der Linde.

Wandergruß.

Im grünen Hochland liegt ein Steig,
  Gar traulich anzuschauen.
Fern sieht man leuchten durch das Gezweig
Den Tegrinsee, den blauen.

Und weite Wälder sind rings umher,
Und hohe betaute Fluren,
Die Berge glänzen — wir gehn einher
Auf tausendjährigen Spuren.

Denn uralt ist der Saumpfad dort
Mit seinen granitnen Stufen,
Oft gräbt der Pflug noch die Splitter auf
Von eisernen Speeren und Hufen.

Im Grünen sieht man das braune Dach
Einsamer Gehöfte verschwinden,
Und jedes Feld ist noch umhagt
Von tausendjährigen Linden.

Dort zog ich schweigend querfeldein,
Von all dem Zauber umflossen;
Der Vogelsang und der Sonnenschein,
Das waren meine Genossen.

Da legt' ich mich nieder zur süßen Rast
An einer uralten Linde,
Es wiegt mich in Schlummer ihr Blütenduft
Und der leise Gesang der Winde.

Das war wie ein tiefer Zauberschlaf,
Mir ward es innen so lichte — —
Es rauscht mir die Linde ins träumende Herz
Ihre tausendjähr'ge Geschichte!

Heilige Pilger.

VIII. Jahrh.

Ich war ein zager grünender Stamm,
Und Urwald lag allerwegen,
Durch den der Bär gezogen kam;
Urmächtig war Sonne und Regen.

Waldvögel flatterten durchs Holz,
Wildveiglein blühten am Grunde,
Ein Menschenantlitz — ich hatt' es noch nie
Gesehen bis zur Stunde.

Da kam ein Zug von Mannen einher,
Die langen Gewänder wallten —
Sie trugen die Axt, sie trugen den Speer,
Es waren Hünengestalten.

„Hier laßt uns rasten und nächtigen heut,
(Sprach einer mit lauten Befehlen)
So haben wir Buren*) dem Herrn geweiht,
Gott gnad es unseren Seelen!"

---

*) Buren = Kloster Benediktbeuern.

Dann bauten sie Hütten aus grünem Laub
Und banden ein Kreuz aus den Zweigen,
Das richten sie auf vor ihrem Gelaß,
Eh' sie zum Schlummer sich neigen.

Sie knieten nieder im tiefen Wald
Und beteten laut zusammen,
Es hatte ihr Wort so mächtigen Klang,
Ihr Aug' so heilige Flammen!

Ich horchte noch lang, wie die Stürme wild
Die nächtigen Wipfel peitschen,
Doch mir zu Füßen schlief süß und mild
Winfried, der Apostel der Deutschen!

III.

Waldeinsamkeit.

(IX. Jahrh.)

Dann aber gingen Jahre ins Land
Dahin über Wald und Fluren,
Eh' ich wiedersah eines Menschen Hand
Und eines Fußes Spuren.

Wie wunderstille war's da im Wald,
Es klangen nur Vogelstimmen;
An meinen schwellenden Blüten hing
Der summende Schwarm der Immen.

Das Sonnenlicht, es fiel durchs Grün
Und glitzert' im dunklen Moose,
Hoch wuchs empor an meinem Stamm
Die wilde Heckenrose.

Und durch die leuchtende Vollmondnacht
Kam schweigend der Hirsch gegangen,
Von einer stummen verzückten Pracht
War alles Leben gefangen,

Und wenn es dann rauschte im langen Flug
Durch all die Wälder, die weiten —
Das war wie ein letzter Atemzug
Aus Wodans gewaltigen Zeiten!

Hunnenzug.

(X. Jahrh.)

Und wieder war's eine rauhe Nacht,
Die Wipfel im Sturme sausend,
Da zog eine wilde Jagd heran,
Viel tausend und abertausend.

Auf kleinen Rossen, schwarz und scheu,
Behende braune Gestalten,
Die wollten hier am Waldesrand
Ihr nächtliches Lager halten.

Es flackerten rings über Thal und Höh'
Wachtfeuer in hellen Mengen,
Und morgen wollen sie Tegrinsee
Und Buren in Glut versengen.

Auf allen Pfaden starrt wildes Verhau,
Verschüttet sind alle Brunnen,
Es klingt der Angstruf von Gau zu Gau:
Die Hunnen kommen — die Hunnen!

Und drinnen im Kloster zu Tegrinsee
Da wurden verschlossen die Thore,
Da wurden verteilt und gesegnet noch
Die Waffen im nächtlichen Chore.

Es brach der Vollmond durch das Gewölk
Und durch die Wipfel, die alten,
So hat mein Ast als schwankender Zweig
Den Schild der Hunnen gehalten. —

Doch als der Vollmond wieder kam,
Da war es grausig, zu lauschen — — —
Da war kein Stein auf dem andern mehr,
Nur die einsamen Wälder rauschen!

V.

Minnelied.

(XI. Jahrh.)

Hoch über der Welt liegt Sternenglanz,
Die Bäume flüstern im Winde,
Da schleichen zwei durchs tauige Feld
Unter die grünende Linde.

„Otfried, bist du's?" „„Bist du's, Gerlind?""
So fragen die zwei mit Bangen,
Dann ist in einen seligen Kuß
All ihre Antwort zergangen.

„Bei Gott, wenn es mein Vater wüßt',
Er thäte mich morgen bannen."
„„Und wüßt' es der meine, wie du mich liebst,
Ich müßte heut noch von dannen.""

Sie neigte zurück ihr goldig Haupt,
Er faßt es mit beiden Händen:
„So laß uns denn zu dieser Frist
Das Leid in Wonne wenden!

Die Vögelein und die Veigelein
Sind alle schlafen gegangen,
Dieweilen wir so traut allein
Am Hals einander hangen."

Und unter der Linde tiefem Dach
Saßen die beiden nieder,
Nur manchmal fernes Rüdengebell —
Und totenstille war's wieder.

So wurden zwei in stiller Stund'
Einander ganz zu eigen,
Die alte Linde, sie deckt ihr Glück,'
Sie deckt es mit Grün und — Schweigen!

Ins heilige Land.

(1189.)

Da ritt eine frohe reisige Schar
Am Waldessaum von dannen,
Die Ritter trugen ein rotes Kreuz,
Ein rotes Kreuz die Mannen.

Es trugen's die Mönche auf ihrem Gewand,
Ich sah ihren Mantel wogen.
Die sind von hinnen ins heilige Land
Mit Barbarossa gezogen.

Und wiehernd bäumt sich der Hengst empor,
Und leuchtend blitzen die Speere,
Sie sangen Psalmen im lauten Chor,
Sie sangen von Gottes Ehre!

Am Marchfeld ist ihre Sammelstatt,
Dem Schlachtfeld gilt ihr Sehnen —
Schon wartet auf ihr jubelndes Herz
Der Pfeil der Saracenen!

Die haben geworben um Kriegesdienst,
Die haben so geworben,
Daß ihnen wohl die Seele genas,
Dieweil ihr Leib verdorben.

Ich sah ihnen nach durch den tiefen Wald,
Ich sah ihre blühenden Glieder,
Ich harre ihrer viel hundert Jahr —
Und auch nicht einer kam wieder!

VII.

Herr Walther.

(1209.)

Ein Spielmann zog gen Tegrinsee,
Den sah ich vom Rosse steigen,
Es lief sein Roß in den grünen Klee,
Er griff nach seiner Geigen.

Er ließ sich nieder auf einen Stein
Unter der blühenden Linden,
Er stützt das Haupt in die Hände sein,
Als wollt' er Tiefes ergründen.

Ihn kümmert die Welt und ihre Not,
Das hält sein Herz gefangen;
Denn Recht ist wund und Zucht ist tot
Und Ehre ist zergangen.

Es ist zerwühlt das deutsche Reich
Wie Meer von allen Winden — —
„Wie soll bei solchem Ungemach
Mein Herz noch Freude finden?

Und dennoch — käm' ich nimmer fürwahr
Zu End' mit meinem Leide:
Ich müßt' mich schämen ganz und gar
Vor der blumigen Heide!"

Die blüht ja auch und der Himmel lacht —
Ohn' Freude tauget keiner!
Ich hab' so manchen schon froh gemacht,
Bin doch der Werten einer!

So will ich denken an roten Mund,
An Frauen=Schöne und Güte,
Die löschet das Trauern zu jeder Stund'
Und lichtet jedes Gemüte."

Da griff er nach seinem Saitenspiel: —
„Frau Minne, dich will ich grüßen!"
Es horchten zu Häupten der Vöglein viel,
Es horchten die Blümlein zu Füßen.

Wer war der Sänger — wie hieß sein Lied?
Das will ich dir treulich künden:
Herr Walther von der Vogelweid',
Hier sang er — „Unter den Linden".

VIII.

Hagens Geschoß.

(XIII. Jahrh.)

Zwei Männer lagen in Fehd' und Streit,
In Fehde auf Tod und Leben,
Hier trafen sie aufeinander, die zwei;
Ihr Antlitz sah ich erbeben.

Der eine war jung und hold und schön,
Der glich dem Hirsch, dem schlanken;
Der andre war wie ein grimmer Bär,
Der zornig erhebt die Pranken.

Und zischend flog sein schwirrender Pfeil
Dem Jungen mitten durchs Herze,
Es hatte der Junge nimmer Weil'
Zum Klagen oder zum Schmerze.

Wie Siegfried lag er im grünen Wald,
Den Hagen sollt' keiner wissen! — — —
Ich aber sah's, wie zur selben Stell'
Die Wölfe ihn zerrissen!

IX.

Kaiser Ludwig der Baier.

(1347.)

Zwei Mönche hielten im Schatten Rast,
Zum Jagen beide bewehret,
Da sprach der eine: „Herr Arbogast,
Habt Ihr die Kunde gehöret:

Vom Kaiser Ludwig die schlimme Mär?
Es sind noch keine zwei Wochen,
Da ist er gezogen hinaus zum Gejaid
Und sterbend niedergebrochen.

Sein Herz, das war ihm gebrochen längst —
Der hatte viel Leid getragen;
Der ging wohl wund zum letzten Gang
Hinaus in den Wald zum Jagen!"

„„So ward sein Sehnen nimmer gestillt,
Vom Bannfluch sich zu lösen?
Fluch über die Welschen, die ihn gebannt,
Weil er zu deutsch gewesen!

Im Kloster drinnen, da tragen sie Scheu
Vor Rom und den purpurnen Stühlen,
Hier aber ist's einsam — hier sind wir frei,
Hier sagen wir's, wie wir's fühlen!"'"

Und zürnend stieß er in meinen Stamm
Mit seinem gewaltigen Speere —
So hab' auch ich um den Kaiser geweint
Gar manche goldene Zähre!

X

Lindenblüten.

(XV. Jahrh.)

Es zog des Wegs ein junger Mönch,
Der hat ein Buch getragen
Und soll dem Abt von Tegrinsee
Den Gruß von Chiemsee sagen,

Und daß das würdige Gotteshaus
Ihm sende köstliche Gabe,
Es sei das allerholdeste Buch,
Das es im Schreine habe.

Und weil der frühe Tag noch blaut,
So ließ der Mönch sich nieder,
Er öffnet das Buch und las es laut,
Er las es immer wieder.

Er las von Kämpfen stolz und hehr,
Davon die Lieder melden,
Von Felsgezack und blauem Meer
Und wundersamen Helden,

O holdes Weib, das einst bethört
Den Helden alle Sinne! —
Da gehrt sein Arm nach solchem Schwert,
Sein Herz nach solcher Minne!

Ihm ward so wonnig und so weh,
Und seine Wangen glühten —
Es fielen herab in die Odyssee
Die deutschen Lindenblüten!

XI.

Falkenhorst.

(XVI. Jahrh.)

Einst horstete ein grauer Falk
Zu höchst in meinen Gezweigen,
Der hatte gesehen Land und Meer,
Es war ihm alles zu eigen.

Der sprach: Ich war an des Kaisers Hof,
Bei Max, dem letzten Ritter,
Es lockten mich kosend die Edelfraun
Durch das vergüldete Gitter.

Ich sollte werden zur Reiherbeiz'
Der allerbesten einer,
Doch manchmal stieß mich der Falkner an:
So widrig wie du ist keiner!

Und als ich einst in die Lüfte stieg,
Da haben's die Lüfte gewonnen —
Den Reiher warf ich ihnen hinab,
Ich selber bin nimmer kommen!

Ich flog und flog — (so sprach der Falk,
Und die funkelnden Augen rollt' er)
Des Kaisers Dienst ist hoher Dienst,
Doch Freiheit ist noch holder!

XII.

Auf der Flucht.

(XVI. Jahrh.)

Ein junger Mönch, gar schön und frank,
Der wollte ein Mägdlein minnen,
Da wußt' ihm das Kloster wenig Dank,
Er zog in der Nacht von hinnen.

Sie setzten ihm nach; er wich und wich
Bis an den frühen Morgen,
Schon sind sie ihm nah' — da hat er sich
In meinem Gezweig verborgen.

Er sprach: Frau Linde, ist doch dein Blatt
Gleich einem Herzen gestaltet,
So gibst du auch dem wohl Ruhestatt,
Dem Minne im Herzen waltet!

Und drunten jagten die Reiter vorbei
Und schalten in lautem Grimme:
Den geben wir nimmer sein Lebtag frei!
Und dann — verklang ihre Stimme.

Er sprach: Weiß Gott, wo in weiter Welt
Ich noch mein Obdach finde —
Nun flink! — lebwohl, du grünes Gezelt,
Hab Dank, du getreue Linde!

XIII

Im Schwedenkrieg.

(1632)

Es hat der Mangfall grünes Schilf
Der Schweden Fuß zertreten;
Ihr Kanzler hieß Herr Oxenstjern',
Da lernten die Kinder beten!

Der Schwed, er trug sein Lederwams
Und drüber den eisernen Degen,
Viel Jahre ist ihre eiserne Faust
Auf dem grünen Hochland gelegen.

Der Bauer verstand ihre Sprache nicht,
Wenn sie drohende Mahnung sandten —
Doch wenn sie holten sein goldenes Korn,
Das hat er mit Unmut verstanden!

Der Schwede, er war gefürchtet rings
Wie der leibhaftige Böse.
So manche Wallfahrt ward damals gethan,
Daß Gott uns von ihm erlöse!

Da sanken in Asche der Häuser genug,
Und mancher Baum sank zu Boden,
Bis unser Eisen ihr Eisen schlug —
So mancher sank zu den Toten!

Ich aber war ihrer Art zu hart,
Sie hämmerten manche Stunde,
Es trägt mein Stamm aus dem Schwedenkrieg
Noch heut seine klaffende Wunde.

XIV.

Winternacht.

(1705.)

Der Mond erglänzt in eisiger Pracht,
Verschneit sind Berg und Halde,
Und glitzernd liegt die Winternacht
Über dem einsamen Walde.

Tief zieht im Schnee des Wildes Spur
Und mancher Stamm ist gebrochen
Unter der weißen Riesenlast
In stürmenden Winterwochen.

Doch drüben im Kirchlein zu Jörgensried,
Da glänzen die Fenster, die alten,
Da ziehen mit leuchtenden Fackeln empor
Viel dunkle fromme Gestalten.

Vom Kirchlein zu Jörgensried, da schallt
Das mitternächt'ge Geläute
Dahin durch den stillen, den glitzernden Wald,
Denn — Weihnacht ist es ja heute.

Doch ihrer viele sind heute fern —
Und wenn es beginnt zu tagen,
Dann wird mit Sense und Morgenstern
Die Sendlingerschlacht geschlagen.

Zerfallen.

(1806.)

Zwei Männer gingen den Pfad vorbei,
Da hört ich die beiden klagen:
„Das alte tausendjährige Reich,
So ist es wirklich zerschlagen!"

„Und wie ein morscher Bau zerfällt,
So ist es in Schutt zerfallen;
Es giebt kein Deutschland, kein Vaterland mehr,
Es giebt nur fremde Vasallen!"

Und über die weiten Wipfel hin
Trugen dies Wort die Winde:
„Es giebt kein Deutschland, kein Vaterland mehr!" — —
Du arme deutsche Linde!

Da ist mir's wie Schauer tief und leis
Durch die alten Glieder geflossen —
Ich sah es ja gründen, dies deutsche Reich,
Von Karl und seinen Genossen!

Es giebt kein Deutschland, kein Vaterland mehr,
Und nur in Träumen und Sagen
Lebt sie noch fürder, die alte Mär' —
Der Wald wird sie hüten und tragen,

Bis einst ein anderes starkes Geschlecht
Der alten Größe gedenket
Und wieder gründet das alte Recht
Und neue Größe uns schenket!

Ich aber bin welk und vermodert dann
In jenen fernen Tagen,
Es blitzte so oft über meinem Haupt —
O, hätt' mich ein Blitz erschlagen!

XVI

Auferstehung.

(1871.)

Der Sonntagmorgen war blau und klar,
Welch wundersames Geläute!
In jauchzenden Scharen wogt das Volk,
Welch freudiger Tag tagt heute?!

Und jeder trägt sein Feierkleid,
Die wallenden Fahnen wehen,
Sie kommen von nah und fern herbei,
Sag an, was ist geschehen?

Der Sonntagmorgen ist blau und klar,
Es rauschen die Wälder im Winde,
Und ein Altar ist aufgebaut
Hoch unter der grünenden Linde.

Dort wird in freier wogender Flur
Das Siegesfest gehalten,
„Hoch lebe der Kaiser und hoch das Reich!"
So rufen die Jungen und Alten.

Und Glockenschall und Trompetenklang,
Das ist hier jubelnd erklungen,
Und die hier stehen — sie haben im Blut
Das Vaterland wieder errungen.

Die alte Linde — sie schauert leis
Und all ihre Wipfel beben: —
Gern hab' ich gelebt um diesen Tag
Mein tausendjähriges Leben!

XVII.

Wandergruß.

Da wacht' ich auf aus dem tiefen Schlaf,
Schon kamen die blauen Schatten,
Der Himmel war klar und leise fiel
Der Tau auf die blumigen Matten.

Auch meine Wimper — sie war betaut,
Ich fühlte mein Herz erbeben,
Als hätt' ich zu tief hinabgeschaut
In deutsches Land und Leben.

Das Abendgeläut' in der Ferne verklang,
Das Licht des Tages ward müde,
Hoch in den Zweigen die Drossel sang,
Ringsum lag Segen und Friede.

So stand ich dort auf dem alten Steig
Mit seinem Gestein, dem grauen,
Und dämmernd sah ich durch das Gezweig
Den Tegrinsee, den blauen.

Gott mög' dich schützen — mein Vaterland!
Wie Saaten vor Sturm und Winde. — — —
Ich wandre dahin am Waldesrand,
Hab Dank, du getreue Linde!

Posthuma.

I.

Ausritt.

(1189.)

Es steht ein Schloß in Hochwaldtannen.
Doch Accon ist ein ruhlos Wort!
So zog mit schildbewehrten Mannen
Ein Ritter fort.

Landfahrt und Meerfahrt lange Wochen
Ward wohl ihr Teil und Sturm und Flut;
Dann ist im Sturm ihr Schiff zerbrochen
Mit Mann und Gut.

Und einsam war daheim genesen
Sein jung Gemahl, Frau Chunilind . . .
Wie wär' die Heimkehr froh gewesen
Zu Weib und Kind!

Von deutscher Burg, der wettergrauen,
Lugt sie wohl oft mit nassem Blick,
Und ferne liegt im Meer, im blauen,
Ein deutsches Glück!

Wiegenlied.

Der Wächter schweigt, die Zinnen ragen,
Im Söller sitz' ich ganz allein.
O Kind, das ich mit Leid getragen,
    Schlaf ein, schlaf ein!

Die Wiege wiegt in sachten Bogen,
Wie könnt' ich reich und selig sein!
Ich denk' an ferne Meereswogen — —
    Schlaf ein, schlaf ein!

Schau — wie es lächelt traumgetragen! — —
Im Söller sitz' ich ganz allein.
O könnt' ich meinem Kummer sagen:
    Schlaf ein, schlaf ein!

III.

Vermächtnis.

Gedeih, mein Kindlein! Laß mich lauschen
Dem Stimmlein fein und minniglich;
Ich hör' nur immer Wogen rauschen,
    Nun hör' ich dich!

Es sang mir einst wohl süße Weisen
So mancher Spielmann! Um mich her
Ward manchem Ritter unterm Eisen
    Das Herze schwer.

Nun ward am schwersten doch das meine,
Und unempfangen ließ ich viel
An Wonnen und an Sonnenscheine,
    An frohem Spiel.

Jung war die Jugend mir zerflossen;
Es schloß mein Herz dem Glück sich zu.
Was ich an Glück ließ ungenossen,
    Genieß es du!

IV.

Stille Gedanken.

O Poſthuma, du kleine Waiſe:
Dereinſt wird kommen doch die Zeit,
Wo du wirſt fragen traut und leiſe
    Um all mein Leid!

Ob nie dein Vater kehrt nach Hauſe?
Warum verroſtet Speer und Erz?
Warum ſo ſtill iſt Burg und Klauſe
    Und auch mein Herz?

So träumt im Erker Chunilinde;
Nie flog um ſchönres Haar der Wind —
Stumm blickt auf ſie das Ingeſinde,
    Süß ſchläft ihr Kind.

Getreuen Tod in jungen Tagen
Trug wohl mein Ritter ohne Scheu —
So will auch ich das Leben tragen,
    Dem Treuen treu.

Landsknechtlieder.

I.

Vor der Schenke.

Ich bin von heim gelaufen,
    Vom Bergdorf reichsstadtwärts,
Denn meine Faust möcht' raufen,
Und wandern möcht' mein Herz!

Drum hab' ich mich verschrieben
Dem Frundsberg, meinem Herrn,
Möcht' trinken, streiten und lieben
Und schweifen in die Fern'.

Daheim wird wohl von allen
Der arge Heinz gesucht —
Die glauben, ich läg' zerfallen
In tiefer Felsenschlucht.

Wo werd' ich einst wohl liegen — —
In Welschland oder am Rhein?
Heil — kriegen, siegen, liegen,
Heia! spielt auf, schenkt ein!

II.

Truß und Trost.

Und mag's dem Bürger wohlergehn
Daheim im trägen Glanze —
Wir aber wollen draußen stehn
Im Wetter auf der Schanze!

Uns war kein Lager je zu eng,
Uns macht' kein Sturmwind zagen,
Wir wollen froh im Sturmgedräng'
Die arme Seele wagen.

Denn Feuer flammt in unsrer Brust
Und aus den eisernen Stücken,
Und wen die Kugel treffen mußt',
Den traf sie nimmer im Rücken.

Und müssen wir auch Stund' für Stund'
Um unser Leben werben —
So bleibt uns doch d e r Trost vergunnt:
Unkraut kann nimmer verderben!

Aufbruch.

Die Trommel hallt durch die Straßen,
Die Pfeifer gehn voran,
So ziehen wir durch die Gassen,
Geschlossen Mann an Mann.

Da sah ich grüßen und winken
Der Mägdlein mancherlei,
Da sah ich dein Auge blinken
Wie Sonnenglanz im Mai!

Zum Sturm mag es nun gehen,
Zur finsteren Schlacht — mag sein!
Weil ich noch einmal gesehen
Solch fröhlichen Sonnenschein.

In Augsburgs Gassen.

Ich bin auf allen Wegen
Gefahren durchs deutsche Land,
Vor Straßburg bin ich gelegen,
Den Welschen bin ich bekannt.

Und ward doch in allen Zeiten
Und Landen keiner gewahr,
Die sich mit dir dürft' streiten
Um Wänglein, Aug' und Haar.

Was wollt ich nicht alles wagen
Um solche Beute gern —
Auf Händen möcht' ich dich tragen . . .
Zu Frundsberg, meinem Herrn.

Ohne Wehr.

Es mißt wohl gute zwei Ellen
Mein altes vlämisches Schwert,
Hab' manchen schlimmen Gesellen
Damit zum Himmel bekehrt.

Ich mag ihm mein Leben schulden
Wohl zehenmal und mehr,
Doch wider deine Hulden
Hilft keine Waffe und Wehr.

Da ist jeder Harnisch offen,
Da schützt kein eisernes Kleid —
Wen du ins Herz getroffen,
Ist wund für alle Zeit!

Vor Metz.

Und als ich zog von hinnen,
Schatzkind im Gärtlein stand,
Sie trug schneeweißes Linnen
Und scharlachrotes Gewand.
Das will mir nicht aus den Sinnen
Da draußen im Metzerland!

Gott schütz' des Kaisers Fahnen,
Die Metz will ihnen weh!
Verschneit sind alle Bahnen,
Und wenn ich auf Wache steh':
Da faßt's mich wie ein Ahnen,
Der Scharlach kommt zum Schnee!

Letzte Fehde.

Hurrah! — die welschen Ritter,
Werft sie vom Hengst herab,
Schlagt ihre Wehr in Splitter,
Paria hieß einst ihr Grab!

Hurrah! — welch Schlagen und Schießen,
Heut geht kein Streich mir fehl,
Und muß ich's am Leibe büßen,
Gott gnad' es meiner Seel'!

Hurrah! — Das brennt wie Feuer —
So wünsch' ich in letzter Not
Dir einen schönen Freier,
Mir einen schönen Tod!

Getroffen.

Der schöne Tod, der ist so nah
Und schöne Heimat so ferne.
O — wie leichter stürb' ich da,
Grüßt sie — ihr funkelnden Sterne!

Vor meinem Aug' wird's Nacht und grau,
Muß beten — zu Sankt Jörgen —
Hilf, hilf! — O Almwind — Himmelsblau,
Ich sterb' — — in meinen — Bergen!

Waldkind.

Einsame Heimat.

Ein Haus, gar wetterfest und frei,
  Das steht im tiefen Walde,
Am Giebel prangt ein stolzes Geweih,
Darüber die Bergeshalde.

Und durch die Tannen rauscht der Wind
Eintönig seit hundert Jahren,
Da lugt durchs Fenster hinaus Gerlind,
Die Maid mit goldenen Haaren.

Ihr einziger Gruß ist Rüdenlaut
Und Schnee ihr einziger Kummer,
Ihr duftig Geschmeid' ist Almenkraut —
Ihr Herz schläft seligen Schlummer.

Schon dämmert es rings um den stillen Platz,
Ich stieg hernieder die Halde —
Kennt ihr das Märlein vom güldenen Schatz,
Vergraben im tiefen Walde?

II.

Rehwild.

Am Abend zieht der Förster ein
Ins Haus mit trutzigen Schritten.
Es war an einem Rehlein fein
Sein Pfeil vorbeigeglitten.
Der Fanghund knurrt, er selbst blickt schlimm
Und finster wie der Isegrimm.

Da kommt Gerlind auf leiser Zeh'
Und bringt ihm holde Pflege.
Bei Gott! es steht kein schönres Reh
Rundum im Berggehege!
Herr Förster, schaut ihr nur ins Gesicht,
Ich glaube — Ihr wißt es selber nicht!

III.

Jägervolk.

Die Frühlingssonne scheint so hell,
Der Tau liegt auf den Tannen,
Da zieht manch junger Weidgesell
Des Wegs und zieht von dannen.

In starker Hand den Almenstock,
Das Wehrgehäng am Rücken,
Er ist vor lauter Goldgelock
Gefangen in Verzücken.

Und mancher singt wohl hellen Gruß,
Denn mancher mocht' wohl hoffen,
Er thät hier seinen Meisterschuß — —
Hat aber noch keiner getroffen.

In den Felsen.

Ja, da kommt mancher leichter her,
Als er davongegangen wär'!
Dann steigt er fort ins Felsgestein
Und murmelt in den Bart hinein:

„Ein schlechter Gangsteig, meiner Seel'!"
Da kommt ein Hirsch — der Schuß geht fehl;
Der Weidsack dünkt ihm heut so schwer,
Ja — wenn's doch nur — der Weidsack wär'!

V.

Winterbild.

Nun ist es meilenweit verschneit,
Unwegsam jeder Steig,
Kein Licht ringsum — nur Winterfrost
Liegt lastend im Gezweig.

Es zieht der Sturmwind durch den Wald,
Kein Stern am Himmelszelt —
Du aber hörst den Waldsturm nicht
Und nicht den Sturm der Welt.

Es ist dein Kämmerlein so still
Und deine Ruh' so tief,
Du schläfst den tiefen Zauberschlaf,
Den einst Schneewittchen schlief!

VI.

Frühlingsahnung.

Der Winter ist so bang und lang;
Doch wenn der Lenz begonnen,
Dann fliegst du fort zum flinken Gang
Durch Wald und Alm und Sonnen.
Dein Haar weht unterm grünen Hut,
O, wie das wohl im Herzen thut!

Die wilde Taube schwirrt vorbei,
Im Tannicht tausend Lieder;
Da huscht ein Reh, dort kreist ein Weih,
Da pocht's dir unterm Mieder.
Sie ist so wunderschön, die Welt,
Du aber weißt nicht, was dir fehlt. —

Nun ruft der Kuckuck aus dem Wald,
Du stehst verblüfft zur Stelle.
Kennst du die Sage nicht? Nun halt —
Und wünsch dir was! Nur schnelle!
Sie steht, sie stockt — im halben Satz,
Ich glaub', — sie wünscht — sich — einen Schatz.

Sonnenwende.

Zur Sunnwend' war im Forsthaus Tanz,
Die Jäger jauchzten und lachten,
Von Alben kamen die Mägdlein im Kranz,
Die eichenen Dielen krachten.

Und jubelnd klangen die hellen Schalmei'n,
Das tönte und glitzert' und sprühte,
Da zogen sie dich in den Reigen hinein,
Bis dir das Antlitz erglühte.

Die sonnigen Tage sind längst dahin,
Und alles Grün ist zu Ende,
Dir aber klingt es noch immer im Sinn,
Dein Herz hielt Sonnenwende!

VIII.

Scheidegruß.

Wie lang ward dir die Einsamkeit!
Und endlich kommt sie doch, die Zeit,
Daß einer freit dein junges Blut,
Daß dir das Scheiden wehe thut!

Und nun mein Lied ein Ende hat,
So ist mein letzter lieber Rat:
Geh nicht zu weit — denn weit ist weh,
Bleib in den Bergen, schönes Reh!

Wanderstunden.

Mittagsglut.

Ins Dickicht ist das Wild gezogen,
Der Vogel schweigt im Fichtenbaum,
Am Kelch der Blumen festgesogen
Regt sich der Schwarm der Immen kaum.

Stumm ist das All — die Wäldermassen,
Die Felsen sind in Blau getaucht;
Die satten Gluten, sie erfassen
Mit ihrer Kraft, was webt und haucht.

Und doch, in dieser heißen stummen
Lichtflut — wie klingt es leise hin,
Durch süßen Flimmer süßes Summen:
Das sind des Mittags Melodien.

Und sonst kein Laut, kein Hauch, kein Schatten,
Ein Weih nur, der im Blau sich wiegt,
Goldlicht-umlastet ruhn die Matten
Und lauschen — wie die Sonne siegt!

Am Heimweg.

Ich wandre heim durchs hohe Feld,
Die Wolken ziehn.
In tiefer Ruhe liegt die Welt — —
Du bist dahin!

Das Abendläuten ist verhallt
Im Lindengrün,
Der letzte Vogel singt im Wald — —
Du bist dahin!

Da fühl' ich's leise, wie ich krank
Vor Sehnen bin,
Der Vogel schwieg, die Sonne sank — —
Du bist dahin!

Letzter Gruß.

Im Eckgemach bist du allein,
Der Wind singt in den Weiden,
Es wirft der Mond sein Licht herein,
Das ist der Tag zum Scheiden!

Es spült der See mit leisem Schaum
Ans Ufer Well' um Welle,
Die Blüten streut der Apfelbaum
Auf deine stille Schwelle.

Ich geh' vorbei mit zagem Fuß,
Der Wind singt in den Weiden,
Ich ruf' hinauf den letzten Gruß,
Das ist der Tag zum Scheiden!

IV.

Unterm Thor.

Es glänzt die laue Mondennacht,
Die alten Giebel ragen,
Das Bündel ist zurecht gemacht,
Im Thorweg steht der Wagen.

Und unterm Thorweg standen zwei,
Kein dritter stand daneben,
Die sprachen noch von Lieb und Treu,
Dann geht's hinaus — ins Leben!

Das letzte Röslein gab sie ihm
Und gab ihm beide Hände
Und küßt ihn sacht, und wie er ging,
Ging auch ihr Trost zu Ende.

Die Mondnacht glänzt, der Hufschlag dröhnt,
Von dannen rollt der Wagen —
Ihr war, als hätt' er all ihr Glück
Im Bündel fortgetragen!

V.

Waldesgang.

Im Waldesweben ist es Ruh,
Die Vöglein thun die Augen zu,
Der Drossel letzter Sang verhallt — —
Und nur wir zwei sind noch im Wald!

Es dämmert leis — feucht fällt der Tau,
feucht ist dein Aug', du schöne Frau,
's ist alles stumm — kein Laut erschallt — —
Und nur wir zwei sind noch im Wald!

Mir graut, mir graut, du süße Fee,
Vor all der Schönheit, die ich seh',
Mein Herz so heiß; dein Herz so kalt — —
Und nur wir zwei sind noch im Wald!

Seefahrt.

Es war ein Morgen, lenzallmächtig,
Die Flut so blau und regungslos,
Still glitt der Kahn, und wunderprächtig
Floß dir das Goldhaar in den Schoß.

Wie schön bist du! und frühlingsschaurig
Frug ich: Willst du die meine sein?
Da sahst du auf — so frühlingstraurig,
Doch deine Augen sprachen Nein!

Der Kahn glitt durch die Fluten. — Ohne
Ein Wort sahn wir hinab zum Grund.
Mir war, als wäre eine Krone
Versunken drin zu dieser Stund!

Im Winde.

Es braust auf dem See der Wind,
Und der eine spricht zage:
Halt ein! — leicht strandet mein Schiff
An solchem Tage.

Und der andere spricht frohgemut:
Glückauf zum Spiele!
Wie schnelle führt solcher Tag
Mein Schiff zum Ziele.

Es weht derselbe Wind
Den Kühnen und Feigen —
Wohin er dich führt — d i e Wahl
Die ist dein eigen.

Nächtliche Pfade.

In den Bäumen regt sich's leise,
Mondschein durch die Zweige bricht,
Hier und dort ein Laut der Rüden,
Hier und dort ein einsam Licht.

Nacht liegt über Thal und Bergen,
Und ich wandre durch die Nacht
Dir entgegen — sehnsuchtbebend,
Dir entgegen — sachte, sacht!

Stimmen der Zeit.

I.

Im Lager der Bauern.

(1525.)

Zehntausend liegen wir hier im Feld,
Wir haben kein Fähnlein, wir haben kein Zelt,
Wir sind keine Ritter, wir sind nur Knecht',
So wollen wir streiten für unser Recht.
    Juchheißa, es lebe der Bundschuh!

Wir sind geheißen die „armen Leut",
Wir sind's gewesen bis gestern und heut,
Bis morgen wollen wir Herren sein:
Thut auf, ihr Bürger, und laßt uns ein! —

Wir pflügen das Feld, ihr erntet das Korn.
Ihr pflückt die Röslein und wir die Dorn',
Das soll sich wenden — beim Sonnenschein!
Thut auf, ihr Ritter, und laßt uns ein! —

Wir sind gekommen aus Nord und Süd,
Wir sind der Fronden und Mühsal müd,
Und ehe der Hirsch zu Holze geht,
Sind unser die Burgen, die Klöster und Städt'.

Werft nieder die Knechtschaft, den alten Brauch,
Der Luther von Wittenberg gönnt es uns auch —
Schwingt höher die Sensen und Morgenstern',
Es gilt der Freiheit, es gilt den Herrn!
    Juchheißa, es lebe der Bundschuh!

Vor dem dreißigjährigen Krieg.

Es kommt durch den sternenfunkelnden Raum
Eine finstre Gestalt gezogen,
Lang streift des Gewandes dunkler Saum
Des Weltmeers dunkelnde Wogen.

Sie hat die glimmende Fackel gesenkt
Und trägt ein Schwert in den Falten.
Sie spricht: Ich bin die Furie des Kriegs
Und komme Umschau zu halten!

Mein Buhle war Cäsar und Attila,
Und Throne stürzt' ich zusammen;
Das Reich der einen begrub ich im Blut,
Das Reich der andern in Flammen.

Ich führte zum Tod des Augustus Heer
Nach den teutoburgischen Wäldern,
Ich führte den Reigen der Geisterschlacht
Auf den katalaunischen Feldern.

Horch, wie so stille der Lenzwind weht,
Schon keimen die grünenden Saaten.
Horch, wie so stille die Erde steht —
Mich dürstet nach neuen Thaten!

Bald kommt die Stunde — und dann erbebt
Der Erdball vor meinem Schlage!
Auch meine Saaten sind ausgesät —
Bald kommen die Erntetage!

Donaubild.

Hoch über dem breiten Donauland
Kommt schweres Gewölk gezogen,
Am Ufer flüstert das dichte Schilf,
Und träge rauschen die Wogen.

Da taucht aus dem Strom die Nixe empor,
Goldhaar umfließt ihre Glieder,
Auf einem Steine am Uferrand,
Im Schilfe ließ sie sich nieder.

Sie sang: Ich hab' sie gesehen all
Die römischen Legionen,
Die einst erbauten den Trajanswall,
Ich sah sie bauen und wohnen.

Von all' den Stämmen, die heute blühn,
Hab' ich gesehen die Ahnen,
Ich wies den wandernden Völkern den Weg
Ins große Land der Germanen.

Ich sah Chrimhilden zur Hochzeit ziehn,
Den Helden der Nibelungen
Hat meine Woge im fremden Land
Das Wanderlied gesungen!

Sie haben geworben um meinen Besitz
In allen Landen und Zeiten —
Und immer nahn wieder die Freier mir,
Die um mich buhlen und streiten!

Sie schlug die träumenden Augen auf —
Wie kümmert mich euer Werben,
Daß ich so schön und gewaltig bin
Und muß euch alle verderben!

Im Vatikan.

Es lehnt ein Mann im weißen Kleid
Am Sims in tiefen Gedanken,
Er denkt an eine vergangne Zeit,
An die Zeit der Sachsen und Franken.

Er sieht des müden Heinrich Bild
Im Burghof zu Canossa —
Und wie des Zelters Bügel hielt
Der Staufe Barbarossa.

Noch wuchern um Canossas Schloß
Viel grünende Lorbeerreiser,
Noch stampft die Erde manch edles Roß — —
Aber die Zollern sind Kaiser!

Völkergebet.

Rings über die Länder sinkt die Nacht,
Und still ist's über den Welten.
Da steigt die Stimme der Völker empor
Zu den ewigen Sternenzelten:

„Jehovah, Allah, dreieiniger Gott —"
So flehen die Millionen,
„Gieb uns das Leben, gieb uns den Sieg,
O, laß uns herrschen und thronen!"

So ruft der Beduine empor
In der grünen heißen Oase!
Es schlummert sein Weib, es weidet sein Roß
Im wogenden Wüstengrase.

So tönt es am eisigen Jenisei
Über die Steppen, die fernen;
Es hallt wie ein uralter Schmerzensschrei
Empor zu den uralten Sternen.

Und der Schrei verhallt in der nächtigen Luft —
Es beten Enkel und Ahnen;
Doch schweigend zieht der Weltgeist dahin
Die großen ewigen Bahnen.

Was ist die Erde — ob sie erblüht,
Ob sie in Nichts versunken?
Ein Tropfen im wogenden Weltenmeer,
Ein Staub, ein Atom, ein Funken!

„Jehova, Allah, dreieiniger Gott,
Hör unser Beten und Mahnen —"
Doch schweigend wandelt der Weltgeist dahin
Die großen ewigen Bahnen.

Eliland.

Ein Sang vom Chiemsee.

Rodung.

Chiemsinfeo, wunderhold
Sind deine blauen Grenzen,
Es rauscht der Wind, die Woge rollt,
Felszackige Berge glänzen.

Und auf dem Eiland zu Herrenwörth
Steht Sankt Benediktens Zelle;
Wem Weltgedräng das Herz bethört,
Dort wird es ihm himmelhelle.

Noch deckt die Insel hoher Wald,
Sammtgrünes Moos den Boden,
Und Spatenklang und Axtruf schallt,
Wenn drinnen die Fischer roden.

Seit Tagesgraun sind sie zur Stell',
Heut soll der Abt sie loben!
Da klingt es unter dem Spaten hell, —
Welch Fund wird da gehoben?

Von Eisen war's ein schmaler Schrein,
Was mag der bergen und tragen?
Es könnt' wohl der Elben Spielwerk sein —
Sie haben ein Kreuz geschlagen

Die Fischer all. Dies rauhe Geschmeid,
Wir bringen's dem Abt entgegen:
„Brich du es auf, du bist gefeit
Mit unsres Herren Segen!

II.

Reicher Fund.

Es saß der Abt beim Morgenmahl
Mit seinen Heilsgenossen,
Da ward im stillen Klostersaal
Der eiserne Schrein erschlossen.

Und in dem Schreine lag ein Buch,
Permentene Blätter sieben;
Die waren voll Wald= und Erdgeruch,
Und tot war — der sie geschrieben.

Es starrt der Abt die Blätter an,
Es lauschten die Alten und Jungen,
Bis er zu lesen laut begann,
Das Antlitz glutdurchdrungen.

Und auf dem ersten Blatt da stand:
(Ein Zeiger vor dem Pfade)
„Dies hat gesungen Eliland,
Der Mönch, dem Gott genade."

Hie heben an die Lieder Eilands.

1. Stilles Leid.

Eine stille Zelle
An blauer Welle,
Das ist mein Leid.
Wohlan, ich trag' es —
Aber ich klag' es
Doch allezeit!

Ich hab' mein Leben
An Gott gegeben,
Und das ist sein.
Das wend' ich nimmer. — —
Doch denk' ich immer:
O, wär' es mein!

2. Frauenwörth.

Das war ein Tag voll Maienwind,
Da ist auf blauen Wogen
Zu Nonnenwörth ein Grafenkind
Gar lenzhold eingezogen.

Die war geheißen Irmingard;
Ich sah es, wie der Bangen
Kränzlein und Schleier eigen ward . . .
Die Nonnen alle sangen.

Ihr aber fielen die Thränen drauf,
Die barg ich lang im Sinne;
Nun gingen sie mir im Herzen auf
Als Knospen süßer Minne.

3. Rosenzweige.

Wohl manchen Rosenzweig brach ich vom Pfade
Am grünen Strand,
Es trug der Wind ihn fort an ihr Gestade,
Bis sie ihn fand.

Sie flocht den Kranz sich draus zum Kirchengange —
O holde Not!
Von meinen Rosen ward ihr Stirn und Wange
So heiß und rot!

4. Heimliche Grüße.

O Irmingard, wie schön bist du,
Holdseliger ist keine;
Bei grünen Linden wandelst du
Im luftigen Sonnenscheine.

O Irmingard, wie silbern klingt
Dein Sang zu uns herüber;
Wie fliegen meine Grüße beschwingt
In euer Gärtlein hinüber!

Wie zage Vöglein bergen sie sich
Im tiefen Gezweig der Linden,
Doch wenn du wandelst und denkst an mich,
Magst du sie drinnen finden!

5. Am Strande.

Mein Liebling ist ein Lindenbaum,
Der steht am Strand;
Es spielen die Wogen mit leisem Schaum
Um den weißen Sand.

Und der Lindenduft, der zieht mir hinein
Bis ins tiefste Gemüt, —
Halt still, mein Herze, und gieb dich drein —
Du hast geblüht!

— — — — — — —

6. Kinderstimmen.

Mit unsern Fischern war ein Kind gekommen
Von Frauenwörth,
Das hab' ich spielend auf mein Knie genommen
Und frug bethört:

„Wer ist die lieblichste der frommen Frauen,
Die du gewahrt?"
Da schlug es auf den vollen Blick, den blauen: —
„Frau Irmingard." — —

7. Mondnacht.

Ich lieg' an meines Lagers End'
Und lug' in stille Sterne;
Die blaue Woge, die uns trennt,
Wie rauscht sie leis' und ferne!

Verschleiert schaut der Mond herein,
Mein Herz hält stille Feier; — —
Wie sind so bleich die Wangen dein,
Wie ist so dicht dein Schleier!

8. Wanderträume.

O, der Alpen blanke Kette,
Wie sie glänzt im Morgenblau! —
Daß ich dort mein Wandern hätte,
Wenn im Wald noch liegt der Tau,

Langgelockt und freigelassen,
Wie ich's einst gewesen bin, —
Scharfe Pfeile möcht' ich fassen;
Singend zög' ich dort dahin,

Wo am tiefsten niederhinge
Das Gezweig auf meine Fahrt —
Und an meiner Seite ginge
Schleierlos Frau Irmingard!

9. Anathema!

Nun ist wohl Sanges Ende!
Wie hart ich davon schied',
Die Wintersonnenwende
Ist kommen für mein Lied!

Es rief der Abt mit Zürnen
Mich in die Zelle sein
Und sprach: Dein Herz sei hürnen
Und deine Gedanken rein!

Was heimlich du geschrieben,
Mir ward es offenbart;
Fluch über dein sündig Lieben,
Fluch über Frau Irmingard!

Doch eh' der Tag zerfallen,
Das schwör' mir zu Gesicht:
Sei von den Liedern allen
Nicht eines mehr am Licht!

10. Ergebung.

Gehorchen ist das Erste!
Ich hab' mich stumm geneigt,
Und ob das Herz mir berste,
Mein Herz gehorcht und schweigt.

Mich hat mein Abt verfluchet, —
Ich war wohl gottverwaist,
Daß Sang mir heimgesuchet
So süß den stillen Geist!

Viel letzte Grüße sag' ich
Nun dir, Frau Irmingard!
Euch Lieder aber trag' ich
Zum Dickicht in stiller Fahrt,

Dort will ich in Waldgrund legen
Sie unter eisernem Schrein,
Und ihre Hüter mögen
Waldvöglein, die lieben, sein!

Und mag sie je ergründen
Ein Pilger auf seinem Pfad,
So bin ich ohne Sünden, —
Ein Mönch, dem Gott genad'.

Hie enden sich die Lieder Eilands.

Ausfahrt.

Es hat der Abt mit Staunen
Gelesen das letzte Wort.
Vor der Eichenkanzel, der braunen,
Stehn horchend die Brüder dort.

Ihr lauschender Kreis ward enger,
Und auf den Augen blau
Der jungen stürmischen Dränger
Lag seliger, herber Tau.

Auch ihrer viel sind inne
Geworden einst wilder Fahrt
Und dachten eigener Minne
Bei holder Frau Irmingard.

Der Abt indes sprach leise:
„Gott lohn' ihm seine Schuld!
Der war nicht Gottes Waise,
Der stand in Gottes Huld!

Von seinen Liedern allen
Wie glüht mein Angesicht,
Doch — ‚eh' der Tag zerfallen,
Sei keines mehr am Licht!'

So rief der Abt, der seine,
Eh'dem, — ich ruf' es neu!
Denn was gebot der eine,
Das hält der andre treu!

Fürwahr, der Fund von Eisen,
Das war ein goldner Griff!
Nun laßt uns Gehorsam weisen:
Auf! — rüstet mir mein Schiff!"

Neugeborgen.

Und in die blauen Wellen
Fährt weit hinaus der Abt;
Flink rudern die Gesellen,
Wenn kühler Ost sie labt.

Er hält ein Buch in Handen,
Beschwert mit schwerem Stein,
Und weit von grünen Landen
Senkt er's zu tiefst hinein

Mit einem letzten Gruße
Von Augen, Mund und Hand:
„Lebwohl — mit harter Buße,
Leb wohl — mein Eiland!

Du pflegtest süßen Sanges,
Ich walte herber Pflicht, —
Fürwahr, so schweren Ganges
Gedenk' ich ewig nicht!"

Junges Wandern.

Schier tausend Jahre gingen
Seitdem ins Land hinein,
Doch Minne, ach, und Singen
Schafft heut noch süße Pein.

Und heut noch, in Maienwinden
Blaut Flut und Wald und Hain,
Und tief im Grün der Linden
Spielt nachts der Vollmondschein.

Das ist die rechte Stunde
Hier unter dem Lindendach! —
Da rauscht es tief im Grunde,
Dein Leid wird wieder wach:

Die Wellen kommen gezogen
So wunderleis und lang;
Das sind nicht rauschende Wogen,
Das klingt wie süßer Gesang.

Das klingt wie ferne Grüße,
Voll Kühle — und doch voll Glut,
Als hätt' deines Liedes Süße
Durchdrungen all die Flut.

Denn keine Macht auf Erden
Tilgt echten Sang dahin;
Bergwald und Woge werden
Sein Mund — und singen ihn!

Stille Einkehr.

Wahrspruch.

eß mag ein jeder gedenken,
Den Minne umfangen hat:
Der geht wohl suchen Rosen
Auf einem dornigen Pfad!

Das mag ein jeder wissen,
Der kecklich um Ehren wirbt:
Es giebt gar viel der Ehren,
Bei denen die Ehr' verdirbt!

Das mag ein jeder betrachten,
Der gleißendes Gold errafft:
Es geht dahin im Golde
Die rechte eiserne Kraft!

II.

Ohne Schlummer.

Oft wenn ich keinen Schlaf gefunden,
Wenn Mitternacht die Glocke schlug,
Da rauschen die vergangnen Stunden
Vorbei an mir in wildem Flug.

Die einen tragen Adlerschwingen,
Gekrönte Stunden — stolz und schön,
Da ich in hochgeweihtem Ringen
Emporsah zu des Lebens Höhn.

Stunden des Zweifels! — Ja, auch ener
Denk' ich, die ihr das Herz zerreißt!
Wie mit dem Fittich grauer Geier
Zieht ihr vorbei an meinem Geist.

Doch manchen Tag auch — wenig weise —
Gönnt' ich des Liedes goldnem Schall.
Da klingt es nach, als hört' ich leise
Den Lockruf einer Nachtigall.

Dämmerzeit.

In meinem Stüblein sitz' ich stille,
Dieweil es an die Fenster schneit. —
Gedankenvolle Dämmerstunde,
Gedankenvolle Einsamkeit!

Und drunten wogt es in den Gassen,
Die Glocken läuten zum Gebet;
Da denk' ich dein, die ich verlassen,
Da denk' ich dein, wie's dir wohl geht?

Ich preß' das Haupt in meine Hände,
Mir wird so weh, so wunderlich . . .
Als wüßt' ich es in dieser Stunde,
Wie du dich härmst daheim um mich!

Winterstunden.

Die Wand vergilbt, der Sims verhangen,
Wie dämmerstill ist mein Gemach,
Da sitz' ich sinnend wie gefangen
Und geh' verlorner Weisheit nach.

Es bannen mich die schwarzen Siegel
Am Buch des Lebens — Jahre fliehn . . .
Nur manchmal schwebt mit leisem Flügel
Dein Bild vor meiner Seele hin.

Dann ist's, als hätt' die graue Mauer
Ein güldner Sonnenstrahl gestreift,
Es ist — wie wenn ein Frühlingsschauer
Im tiefsten Winter uns ergreift.

V.

In den Sternen.

Einsam las ich oft da droben,
Wenn das Sternheer stille kreiste,
Und der eignen Lebensbahnen
Dacht' ich dann im dunklen Geiste.

Vieles that ich — aber eines
That ich, was ich nie verschmerze:
Daß ich deiner konnt' vergessen,
Da mich lieb gehabt dein Herze.

Daß ich's nicht erkennen wollte:
Von den Qualen, von den bösen
Geistern einer wilden Seele
Kann die Liebe nur erlösen!

Und doch strahlte mir dein Auge
Wie ein letzter Strahl der Gnade —
Also les' ich in den Sternen . . .
Nun sind sternlos meine Pfade!

VI.

Verſöhnung.

O Sonntagsfrühe! Über dir
Liegt eine ahnungsvolle Weihe,
Da laß ich gern die Hände ruhn
Und ſchau' gedankenvoll ins Freie.

Mir wird, als fühlt' ich das Geſetz,
Dem ſich die Rätſel alle fügen;
Da ſeh' ich klar vor meinem Blick
Die Wege meines Lebens liegen.

Und über mich ergeht ein Troſt,
Wie er im Weltglück nie gelegen —
In ſolcher Stunde fand ich auch
Einſt deine Seele, deinen Segen!

Frau Minne.

Widmung.

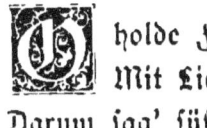 holde Fraue, daß ich dir
Mit Liedern Luft gewähre —
Darum sag' süßen Dank nicht mir,
Dir selbst gebührt die Ehre!

Dein mildes Wesen ist der Tau,
Den diese Lieder tranken.
Ich gab das Wort. Du, holde Frau,
Gabst ihnen die Gedanken.

Wunsch.

Laß mich dir das Beste sagen,
Denn des Besten wert bist du!
Friede gönn' ich deinen Tagen,
Sonnenschein und Meeresruh'.

Doch wenn Stürme sich erheben,
Leid' nicht ohne Leidenschaft!
Nicht Ertragen, nur Erleben
Giebt dem Leben echte Kraft!

III.

Erstes Recht.

Das Herz vor schönen Frauen,
Vor unsrem Herrn das Knie —
Das will ich willig beugen,
Und dessen vergaß ich nie!

Du bist die erste gewesen,
An der ich hab' mein Teil ,
Von Minneleid erlesen —
Viel Leid und wenig Heil!

Ich hab' um dich geweinet
Wohl öfter, denn gelacht;
Um dein Aug' blieb das meine
Wohl offen manche Nacht!

Nun zieh auf deinen Wegen,
Ich wandre meinen Pfad,
Dir gönn' ich Gottes Segen,
Mich schirme Gottes Gnad'!

Mein Herz ist froh genesen,
Doch, was mir auch gedieh —
Du bist die erste gewesen,
Und dessen vergeß' ich nie!

IV.

Alea jacta.

Der Würfel fiel — ihr jubelt laut,
So wirst du heut des fremden Braut!
Schmückt das Gemach und füllt den Becher!
Sein wirst du heut mit Seel' und Leib,
„Und wer begehrt des Nächsten Weib,
Der wird an ihr zum Ehebrecher!"

Sein ist das Recht! Ob mondenlang
Ich um dich darbte, litt und rang —
Das ist verweht in alle Winde . . .
Und ob ich Jahre dein gedacht,
S e i n ist das Recht — und über Nacht
Wird selbst das Deingedenken Sünde!

Der Liebe tiefer Bronnen mußt'
Versiegen früh in meiner Brust,
Wie Quellen, die im Sand verliefen . . .
Doch ob du heut dich glücklich wähnst,
Einst kommt der Tag, wo du dich sehnst
Nach einem Trunk aus seinen Tiefen!

V.

Zum Abschied.

Ich geb' dem Schicksal dich zurück,
Von dem ich dich empfangen habe,
Geliebte! — Doch du weißt es nicht,
Was ich mit deinem Bild begrabe.

Dafür giebt es kein Menschenwort,
Was aus der Brust mir ward genommen!
Es ist nicht Hoffnung und nicht Trost,
Denn alles das kann wiederkommen.

Es ist ein Etwas wunderbar,
Das ewig schwindet aus dem Herzen —
Wenn uns die erste Täuschung trifft!
Ein Etwas, das wir nie verschmerzen,

Das Gott uns in die Wiege legt
Als unsrer Jugend Morgengabe,
Geliebte! — O du weißt es nicht,
Was ich mit deinem Bild begrabe!

Stille Trauer.

Das war für mich ein Todestag,
Da du mich hast verlassen,
's ist lange her — schon treibt der Wind
Das Herbstlaub durch die Gassen.

Schon glimmt an deinem Herd so traut
Das stille Winterfeuer,
Doch über meiner Seele liegt
Noch heut der schwarze Schleier.

Und in verwaisten Nächten oft
Durchrieselt mich ein Schauer —
Das Trauerjahr ist längst zu End',
Wann endet wohl die Trauer?

Neujahrsnacht.

Neujahrsnacht war's, das alte Weh
Stieg auf in dieser Nacht der Weihe,
Die Sterne blitzten überm Schnee,
Mich aber trieb's hinaus ins Freie.

Und durch die Gassen schlich ich sacht
Und suchte deines Hauses Schwelle,
Wie der Geächtete bei Nacht
Die Heimat sucht, die traute Stelle.

Manch mindrer Mann tritt stolz herfür
Und bringt dir morgen Gruß und Segen —
O laß mich nachts vor deine Thür
Die Grüße des Verbannten legen!

Noch weißt du's nicht.

Noch weißt du's nicht, daß ich dir fehle.
Doch einst, wenn über dich ergeht
Der Ostermorgen deiner Seele,
Wo deine Seele aufersteht:

Dann bricht wie Flammen in dein Leben
Der stumme Drang, erkannt zu sein!
Dann möchtest du die Flügel heben,
Dann fühlst du es: Du bist allein!

Und tausend dunkle Fragen schweben
Dir vor. Wer wird mit tiefem Blick
Dann deiner Seele Antwort geben?
Wer wird erfüllen dein Geschick?

IX.

Frühlingsnahen.

Es kommen die Sonnenstrahlen, die feinen,
Die möchten dir gern in die Augen scheinen,
Lug — lug,
Elslein, mach auf.

Dann kommt die Lerche mit hellen Schwingen,
Möcht' dir ihr Lied zu Herze singen,
Horch — horch,
Elslein, mach auf.

Es kommen zum Fenster herein die Rosen,
Möchten mit deinen Händen kosen,
Lug — lug,
Elslein, mach auf.

Bald kommt dein Liebster auch gegangen,
Der möcht' dir küssen Mund und Wangen,
Horch — horch,
Elslein, mach auf.

Mägdleins Lied.

Ich lehn' im offenen Gemache,
Es ist die Stunde still und spät —
Wie einsam geht der Tag vorüber,
Der ohne dich vorübergeht!

Es liegt mein Licht in deinen Augen,
Doch deine Augen meiden mich,
Es liegt mein Heil in deinen Händen,
Doch nimmermehr gewinn' ich dich!

Ich lehn' im offenen Gemache
Und lausche, wie der Lenzwind weht —
Wie einsam geht der Lenz vorüber,
Der ohne dich vorübergeht!

Unvergessen.

Frühling war's in allen Zweigen,
Und die braune Drossel sang,
Und an deiner Schulter lehnt' ich,
O, wie war ich froh und bang!

Bin zu Füßen dir gesessen,
Hab' in Wonnen dich geküßt,
Und kann's nimmermehr vergessen,
Was du mir gewesen bist!

Nimmermehr in all den Tagen,
Nimmer in der langen Zeit — — —
Was du mir gethan zu liebe,
Was du mir gethan zu leid!

Einem Kinde.

Als du dein Herz, dein Herz voll Freude,
Gelehnt an meine Brust voll Weh,
Da tauten Lenzgedanken wieder
Mir auf, wie Blumen unterm Schnee.

Hell fiel dein Haar auf meine Schulter,
Und lang hast du mich angesehn
Mit Augen tief und jugendinnig,
Als frügst du mich, was mir geschehn?

O frage nicht! — Wie du, so blickte
Die Liebe einst, die mich verließ.
Aus deinen sel'gen Kinderaugen
Schaut mein verlornes Paradies.

Erwachen.

Allnächtlich bin ich aufgewacht,
Ich weiß es nicht weswegen;
In wunderstiller Sternennacht,
In Nacht voll Sturm und Regen.

Und traurig senk' ich dann den Blick,
Den wilden, hoffnungslosen —
Ich denk' an Unschuld und an Glück
Und an zerpflückte Rosen!

Bei dir.

Oft hab' ich es zu dir gesagt,
Wenn wir allein gesessen:
Du solltest gehn und fröhlich sein
Und sollst mich ganz vergessen!

Dann weintest du und nicktest stumm,
Du hattest keine Klagen —
Doch sah dein Aug' so flehentlich
Mich an, als wollt' es sagen:

Hast mir genommen Ruh' und Freud'
(Es braucht dich das nicht grämen),
So laß mir doch mein Herzeleid!
Willst du mir alles nehmen?

In die Ferne.

Oft wenn ich düster nachgehangen
Dem Leben, meinem wilden Lauf,
Da wacht mir plötzlich ein Verlangen
Nach deiner fernen Liebe auf.

Nach deinem Kuß, nach deinen Thränen,
Nach deiner seligen Geduld. —
Es ist mir fast, als thät' sich sehnen
Nach deiner Unschuld meine Schuld!

XVI.

In der Schreiberzelle.

Seit ich von dir, Junglieb, geschieden,
Wie einsam ward das Leben mir!
In Klostermauern sucht' ich Frieden,
Und weltentronnen rast' ich hier

Vor meinem Pergament, dem weißen,
Und geize nach Gelehrsamkeit. — —
Frômund war ich dereinst geheißen,
Nun schweigt mein Mund von froher Zeit.

Doch oft im Lenz lacht lindes Wetter,
Dann fällt mir wohl ein Sonnenstrahl
Herein in die vergilbten Blätter —
Da wach' ich auf mit einemmal.

Und Buch und Feder werf' ich nieder,
Und alle Weisheit war ein Wahn!
O wär' ich Frômund, Frômund wieder
Und deiner Einfalt unterthan!

Ausgewandert.

I.

Flucht.

Es zieht das Schiff auf hohen Wogen,
Ums Segel ziehn die Möven her,
Vater und Mutter sind betrogen —
Wie schaurig ist das graue Meer!

Wir sind aufs Meer hinausgezogen,
Weil uns daheim kein Trost mehr blieb.
Vater und Mutter sind betrogen —
Wir haben nichts als unsre Lieb'.

Liebesnot.

Mir ist, als wär' mein Herz ein Quell,
Doch eine Quelle ohne Spiegel,
Und eine Blume ohne Duft,
Ein Adler mit gebrochnem Flügel.

Ich suche düster, was mir fehlt,
Und fühl', daß ich mir selber fehle.
Was nahmst du aus der Seele mir?
Du nahmst sie selber mir, die Seele!

III.

In der Fremde.

Dein Frauenantlitz bleicht das Wandern,
Und wetterbraun ward mein Gesicht,
Die alte Heimat ist zergangen,
Und neue Heimat wird uns nicht!

Es steht ein Kirchlein wohl am Berge,
Und grüne Linden stehn am Ried,
Doch unser Kind — — nur graue Wogen
Sind Wiege ihm und Wiegenlied.

Viel sind der Thränen, du Getreue,
Die ich vom Aug' dir küssen muß,
Und jede Thräne — stumme Reue!
Und stummes Heimweh jeder Kuß!

IV.

Heimatbild.

Im deutschen Land, daheim am Herde,
Da sitzen sie wohl oft noch spät
Beim Feuerschein im Eckgemache
Und denken dran, wie's uns ergeht.

Und manchmal bringt der Bruder Kunde
Von Schiffen, die das Meer verschlang,
Es pocht der Nordwind an die Scheiben,
Dann wird's der kleinen Schwester bang.

Im Lehnstuhl aber, in der Ecke
Sitzt stumm die Mutter Jahr um Jahr,
Sie mag die Menschen nimmer sehen,
Und über Nacht ward weiß ihr Haar.

Die Mutter aber ist die meine,
Die Bibel liegt nicht weit davon;
's ist eine Seite aufgeschlagen,
Die Seite vom — verlornen Sohn.

Aus Fiebertagen.

Wunde Heimkehr.

Dort im Erker legt mich nieder,
Löst den harten Harnisch auf —
Der mich traf, ich traf ihn wieder,
Stürzen sah ich ihn zu hauf!

Wenig Odem bleibt zum Sprechen — —
Löst die Schienen mir vom Knie!
Und doch — ob die Kniee brechen — —
Schönre Schlacht, ich schlug sie nie!

Daß ich scheidend nochmal schaue,
Deß habt Dank, ihr Treuen, ach —
In die Augen meiner Fraue,
Auf mein Kind, mein heimisch Dach!

Und nun holt mein Weib! — Verderben
Schreitet schnell! Eil, Knabe, flieg!
Sag ihr nicht: ich komm' zum Sterben,
Sag ihr nur: ich komm' vom Sieg!

Im Traume.

Ich hab' das Haupt zurückgebogen.
Wo bin ich? Ringsum ist es Nacht.
Mir ist, als wär' ich ausgezogen
Zum Kreuzzug mit des Kaisers Macht.

Lieg' ich auf eines Zeltes Decken?
Rauscht unter mir der Barke Kiel?
Sind das des Sandmeers öde Strecken?
Ist das des Weltmeers brandend Spiel?

Wo bin ich? Irr und sturmzerbrochen
Trägt es mich weiter Nacht und Tag,
Und mordend fühl' ich drinnen pochen
Des Fiebers heißen Hammerschlag!

Mitternacht.

Mein Gemach ist dicht verhangen
Und verstummt sind Schritt und Wort.
Mitternacht ist längst vergangen,
Weltverloren lieg' ich dort.

Finster ist's in meinen Sinnen,
Da mir Speer und Kraft zerbrach,
Nur noch tief im Herzen drinnen
Sind die letzten Pulse wach.

Und mit ihnen — halb verstohlen
Horcht mein Herz, dem Tode nah,
Auf dein süßes Atemholen,
Fühlt noch einmal: Du bist da!

Fremde Grüße.

Von des Saales hohen Wänden
Schaut herab das Bild der Psyche,
Sinnend mit gehobnen Händen,
Wie sie einst erdacht der Grieche.

Und ich seh's, wie leise Trauer
Um die stummen Augen schweben;
Und mir wird im Todesschauer
Gleich als hätt' das Bildnis Leben.

Ahnst du, Göttin, jugendliche,
Daß ich schon die Stunden zähle?
Willst du grüßen, schöne Psyche,
Eine arme deutsche Seele?

V.

Liederklingen.

O nicht einmal in wilder Schlacht
Hab' ich um Ehr' gestritten,
Das Singen hat so süße Macht
In holder Frauen Mitten!

O Wolfram von Eschinbach,
O Walther, deine Weisen,
Ich sang in heiler Zeit sie nach,
Ich will sie wund noch preisen.

Als junger Fant im Land umher
Zog ich zu frohem Gasten,
Und jetzt soll rosten ganz mein Speer,
Mein Saitenspiel soll rasten.

Denn der es trug, ist todeswund
Und soll es nimmer tragen,
O weh, wie hart verstummt ein Mund,
Der soviel wüßt' zu sagen!

Drosselschlag.

Allabendlich zur Zeit der Rast,
Wenn es schon dämmert leise,
Singt eine Drossel hoch am Ast
  Noch ihre Weise.

Und wenn das Frühlicht rosig kühl
Vor meiner Burg will tagen,
Da hör' ich sie vom heißen Pfühl
  Schon wieder schlagen.

O sie trägt Frohmut unbegrenzt
Im luftigen Gefieder,
Ich aber lieg', dieweil es lenzt,
  Sanglos darnieder.

VII.

Im Morgengrauen.

So harr' ich schweigend; durch die Hand, die kalte,
Pocht leis der Puls. An meiner Liegerstatt
Brennt stumm die Ampel, die getreue, alte —
    Sie brennt so matt.

Auch sie ist müd'! Ich hör' die Hähne schreien
Von fern, es geht dem grauen Morgen zu.
Wer wird zuerst erlöschen von uns zweien —
    Ich oder du?

VIII.

Auferstanden.

Durchs Fenster scheint der Maientag,
Ich schließe die Augenlider
Und horche — das ist Lerchenschlag!
    O endlich wieder!

Ich lausche wie des Windes Hauch
Dahinrauscht durch die Zweige,
Es keimen Blüten an jedem Strauch,
    Auf jedem Steige.

Da rührt mich Wonne allzumal,
Ich schließe die Augenlider —
Ich fühl' es wie ein Sonnenstrahl:
    Ich lebe wieder!

Almenlieder

vor tausend Jahren.

I

Auffahrt.

Zu höchst am Berg liegt ein Gehöft,
Das ist geheißen „zur Leiten",
Da steht der Bauer unter der Thür
Und lugt in die blauen Weiten.

Es sind des Klosters Eigenleut',
Die droben wohnen und bauen,
Doch magst du noch unter dem Kreuz am First
Verwitterte Runen schauen.

Und jeder ist eine Hünengestalt,
Die riesige Axt auf dem Rücken,
Und mancher wird hundert Jahre alt,
Eh' daß ihn die Jahre bücken.

Da sprach der Bauer: „Im Almengrund
Hoch droben beginnt es zu lenzen,
Rüst dich zur Auffahrt, Hiltegund,
Und schmück die Herde mit Kränzen!

Es ward über sie in gefeiter Nacht
Gesprochen der Wolfensegen,
Hüt sie getreu und führ sie sacht,
Sorg ihrer allerwegen!

Doch auch dich selber, Hiltegund,
Hüt dich vor allem Harme! —
Hab acht auf deinen roten Mund
Und deine weißen Arme!"

II.

Felfensteige.

Es stieg ein Knabe durchs Gestein,
Den wuchtigen Ger in Händen,
Zum Sunnwendjoch stieg er bergein,
Ein Wolffell um die Lenden.

Das ging durch Felsen und durch Wald
Fernab von Pfaden und Stegen,
Und sträubend streckten die Fichten ihm
Die grünen Arme entgegen.

Er aber rang sich trotzig durch,
Umlugend allenthalben —
Er sucht nach einer weißen Maid
Auf einer grünen Alben!

Und als er kam zum höchsten Grat,
Jauchzt' er hinaus ins Weite —
Und jauchzend klang ein andrer Ruf
Und ward ihm zum Geleite.

Zwei offne Arme harren sein,
Der Gipfel ist erklommen.
Heia! — Gott grüß dich, Hiltegund,
Nun ist mein Lenz gekommen!

III.

Trutzlied.

Es trutzte Kunrat: „Hiltegund,
Des mußt du dich bequemen:
Und hieltſt du im Arm mich hundert Stund,
Mich ſollteſt du nimmer zähmen.

Frei will ich ziehn, wie Hirſch und Reh,
Und trutzig will ich bleiben,
Viel lieber weil' ich um Berg und See,
Als neben holden Weiben."

Da lächelt leis ſchön Hiltegund:
„„Es iſt mir oft gediehen,
Daß in der Mondnacht Hirſch und Reh
Vor meine Hütte ziehen.

Und weiden gar aus meiner Hand
Auch ſonder Arg und Bangen;
Den ſcheuen Specht im Tannengrund
Hab' ich gelockt und gefangen.

Und zähm' ich dich nicht in meinem Arm,
So sei dir, wilder Geselle,
Wohl hundertmal mein Arm versagt —
Dann zähm' ich dich wohl schnelle!"'

Da küßt er sie auf den roten Mund,
Der war wie ein süßer Bronnen,
Und lachend rief er: „Hiltegund,
Fürwahr, du hast gewonnen!"

IV.

Federzier.

Die graue Feder dort auf dem Gebälk,
Kunrat, die sei dein eigen,
Trag sie zu Häupten, die wird nicht welk
Gleich Blümlein und grünen Zweigen!

Es stieß ein wilder Geier herab,
Ein Lämmlein mir wegzutragen,
Er hatte die eisernen Fänge schon
Ins weiße Vließ geschlagen:

Da schoß ich herzu wie selber ein Weih —
Nun wollte der Schalk sich wenden,
Ich aber brach ihm den Fittich entzwei
Und würgt' ihn mit beiden Händen.

Und spotten sie dein im Thale drunt',
Daß Minne dich bezwungen —
Dann sag': Mein Gespiel ist Hiltegund,
Die mit dem Geier gerungen!

V.

Martyrkronen.

Es ging ein junger Mönch mir nach,
Der faßte mich bei den Händen,
Und während er noch vom Beten sprach,
Faßt er mich um die Lenden!

Er rief: Wie rot ist doch dein Mund
Mit all den Zähnlein, den weißen,
Willst du mich küssen, Hiltegund?
Schön Eckbert bin ich geheißen!

Da zog Kunrat die Stirne kraus:
Den will ich selber küssen,
Im tiefen Tannicht soll er mir
Für solche Andacht büßen!

Frau Buche, leih mir einen Ast,
Doch leih mir keinen weichen,
Schön Eckbert geht bei uns zu Gast,
Dem will ich die Locken streichen.

Schön Eckbert ist ein heiliger Mann,
Drum wird er zum Martyr geschlagen,
Doch wo er sein Marterkrönlein gewann,
Das soll er wohl keinem sagen!

VI

Heimo das Hüterlein.

Heimo heiß ich, bin Hüterlein,
Und mir ist wohl zu Sinne,
Ich leg' mich in die Sonne hinein,
Ward nie meiner Eltern inne.

Ein halb Pfund Heller ist mein Lohn
Vom Herren, dem ich zu eigen,
Am Ostertag ein neues Pfaid,
Dann mag ich gen Alben steigen.

Und mit der Sonne wach' ich auf,
Und mit den Vögelein sing' ich;
Zur höchsten Fichte klimm' ich hinauf,
Und mit den Zicklein spring' ich!

Es ward kein Wolf noch meiner Herr,
Und wer mich greift mit Händen,
Der mag beginnen wohlgemut
Und mag mit Schaden enden.

Es ward mir nie von Mannen Weh
Und nie von Weiben Wonne,
Und ist mein Tagewerk gethan —
Leg' ich mich in die Sonne.

Und fräg' mich unser Herrgott selbst,
Er wollt' meine Wohlfahrt mehren,
Ich wüßt' es nicht, in aller Welt —
Was ich noch sollt' begehren!

VII.

Mondnacht.

„Bei Gottes Minne — steh nicht auf!
Schon glimmen die Felsenzinken,
Kunrat — der Vollmond steigt herauf,
So siehst du ihn nirgends blinken!

Und lauschend kommt im Glanz der Nacht
Der Hirsch zur murmelnden Quelle.
O steh nicht auf — Kunrat, hab acht,
Daß ihn kein anderer fälle!

Es ist schon finster im Thale drunt',
Wo unsere Herren weilen,
Du aber sollst rasten bei Hiltegund,
Wonne mit ihr zu teilen.

Dann zeig' ich dir den nächsten Steig
Durchs Dämmergrün der Fichten
Und will mit Handen Zweig um Zweig
Vor deinen Schritten lichten.

Allein das holdeste zumal,
Das wär' bei Gottes Minne:
Kunrat — du würdest den Weg zu Thal
Dein Lebtag nimmer inne!"

VIII.

Wildes Gejaid.

Geh an der Eiche nicht vorbei
Hinunter zur Langenaue!
Es steht wohl ein hölzern Kreuz dabei
Und das Bildnis unserer Fraue,

Und dennoch geht es von Mund zu Mund,
Von Berg zu Berg hinüber:
Dort zieht in mitternächtiger Stund
Das wilde Gejaid vorüber.

Jung Ortolph, der dies Weges war,
Sprach Hohn den alten Sagen,
Sie haben ihn tot mit weißem Haar
Am Morgen davongetragen.

Geh an der Eiche nicht vorbei
Hinunter zur Langenaue —
Kunrat, Kunrat, thu's mir zu lieb'
Und unserer lieben Fraue!

IX.

Wodan.

„O sag mir, wo ist Wodan jetzt,
Wo mag er zu Raste gehen?
In Felsenschluchten, im tiefen Wald,
Da hat ihn mancher gesehen!"

So sprach wie träumend Hiltegund,
Und Kunrat stund daneben,
Sie lugten empor ins Himmelsblau,
Das Wodan der Welt gegeben —

„Und heimlos reitet er nun durch die Nacht
Sein Roß mit feurigen Hufen.
Mein grauer Ahne ward hundert Jahr
Und hat sterbend nach ihm gerufen!

Und wenn er käme — es graut mir oft
In finsteren Nächten und Tagen —
Und dennoch könnt' ich ihm nimmermehr
Die Rast am Herde versagen."

Verzeih' mir's Gott, doch unsere Herrn,
Die dürfen es nie erkunden,
Daß Wodan — der so viel Treue verlor,
Noch Treue hat gefunden!

X.

Am Martersteig.

Nimm diesen Kranz von Rauten mit
Und leg ihn am Kreuzweg nieder,
Der ist für Gudrun, mein Schwesterlein,
O — käm' sie nur einmal wieder!

Wie war sie hold und frohgemut,
Und mußt' verscheinen*) so balde —
Die war wie ein wilder Apfelbaum,
Der mitten erblüht im Walde!

Der finstere Waltram war ihr Gespiel
Und hat ihr Treue versprochen,
Sie gab ihm Schönheit und Minne viel,
Er hat ihr das Herz zerbrochen.

Man fand sie zerfallen an felsiger Wand,
Wie's kam, hat keiner gesehen —
Doch that sich mancher wohl selbst zu leid,
Was ihm zu leide geschehen!

*) Sterben.

XI.

Umschau.

Oft lugten sie aus ins weite Land,
Dahin über riesige Wälder,
Nur selten noch stand Burg und Gehöft
Inmitten wogender Felder.

Dort bricht sich die wilde Isara
Den Weg durch des Landes Fluren,
Der Chiminseo *) liegt schimmernd da,
Und hinter dem Fels liegt Buren **).

Und weiter hinaus ist's flach wie Sand,
Du kannst kein Ende ergehen —
Dort reitet der Kaiser Karl durchs Land,
O, wer ihn jemals gesehen!"

So sprach Kunrat, die Hand am Haar,
Dieweilend sie lugend standen.
„Wie mag es sein über tausend Jahr
Da drunten in all den Landen?"

Doch maienschön jauchzt Hiltegund,
Vom Morgenlicht umflossen . . .
„Dann denkt wohl dessen keiner mehr,
Was Wonne wir hier genossen!"

*) Chiemsee.
**) Benediktbeuern.

Nach tausend Jahren.

Die tausend Jahre — sie sind dahin,
Zerronnen im Sonnenstrahle,
Es wohnt ein neues kühnes Geschlecht
Da drunten im alten Thale.

Ein neu Geschlecht, das im harten Kampf
Die Freiheit sich errungen,
Das der Woge Trotz und der Erde Kraft
Mit Geisteskraft bezwungen!

Nur droben in den Bergen allein,
Hoch droben im tiefsten Walde,
Da webt noch der alte Sonnenschein
Um Felsen und grüne Halde.

Und auf die Alm, im hellen Lenz
Zieht heut noch mit lichten Haaren
Die Tochter aus demselben Haus,
Wie einst vor tausend Jahren.

Und jauchzend schallt derselbe Ruf,
Ihr Liebster kommt gegangen,
Wenn wundersam im Mondenschein
Die schweigenden Wälder prangen.

Denn wie die Welt sich wandeln mag,
Rastlos in Weben und Streben:
Bergvolk und grüne Bergeswelt,
Sie haben ewiges Leben!

Vision.

Ich zog auf langgewundner Straße heim;
Schon war es spät, nicht fern von Mitternacht.
Allein wie sehr ich auch den Schritt beflügelt,
Es lag ein Zauber über Wald und Flur,
Der Aug' und Schritt mir immer wieder bannte.
Mit blauem Schimmer glänzt' das Mondenlicht,
Hoch im Gebirg lag silberhell der Schnee
Und in den Dörfern schlummertiefer Friede.
Kein Licht glimmt' mehr, kein wacher Hund schlug an;
Nichts hallte weithin, als der eigne Schritt.
Doch wenn ich dann beklommen stand und horchte,
Dann hört' ich fern die dunklen Wälder rauschen,
Dann hört' ich fern die wilden Bäche brausen,
Die niederstürmen in den dunklen See.
Der aber lag in klarem tiefem Spiegel.
Es war der alte blaue Tegernsee,
Tegarinseo war er einst geheißen
Vor tausend Jahren, als das Brüderpaar
Vom Stamme Agilolfs in dieser Wildnis
Dem frommen Glauben eine Stätte schuf.

Aus stiller Zelle ward ein mächtig Kloster
Und bald erscholl sein Ruhm durchs ganze Reich;
Denn neben strenger Frömmigkeit und Zucht
Ward edle Kunst und Wissenschaft gepflegt,
So war's Gebrauch den Jüngern Benedikts.
Manch ruhmgekrönter Denker wallte hier;
Der Kaiser selbst erbat bald klugen Rat,
Bald ein kunstfertig Werk vom Abte sich,
Und der war stolz auf deutsche Zier und Ehr'.

Doch alles das ist tausend Jahre her,
Es ist vergessen schier und längst begraben
Im tiefen ungeheuren Grab der Zeit.
Mir aber ging es träumend durch den Sinn,
Wie ich so hinzog an dem Klosterbau
In stiller Nachtzeit, deren stumme Leere
Man gern mit sinnenden Gedanken füllt.
Ich sah hinab die langen Fensterreihn,
Ich sah hinein durchs hohe Bogenthor;
Da ward's mir plötzlich wundersam zu Mut,
Als säh' ich unverhofft im Bogenthor
Am dunklen Pfeiler eine Nachtgestalt,
Die langsam wandelnd auf- und niederschritt.
Sie war von hünenhaftem Wuchs; die Kutte
Fiel ihr in langen Falten tief herab,
Und herbe Strenge ruhte in den Zügen.
Stumm und gebannt sah ich dies Antlitz an
Mit seinen Augen, seinen Adleraugen,
Die unter hochgewölbter Stirne saßen;

Die Lippen waren stolz und fest gepreßt
Und lang hernieder floß der volle Bart.
So hatt' ich mir in früher Jugendzeit,
Wenn uns der Lehrer von den großen Mönchen
Der alten Klöster sprach, den Werinher
Gedacht, den Dichter des Marienliedes.

Und mit den Worten des Marienliedes
Sprach ich ihn an — da horcht er plötzlich auf
Und um die Lippen flog ein uralt Lächeln.
„Bist du ein Klosterschüler?" frug er streng;
Doch ich erwiderte: „Ehrwürd'ger Mann,
Ein Schüler bin ich wohl (wer bliebe keiner
Sein kurzes Leben lang), doch nicht im Kloster
Ward mir mein Teilchen Wissen oder Zucht;
Ich bin ein Kind der großen Gegenwart
Und, wenn Ihr's hören mögt — bin ich Poet."
Da nickt' er mit dem Haupt und sah mich an:
„Auch ich hab' einst manch sinnig Lied ersonnen
Und sorgsam schrieb ich es auf Pergament."
Dann fuhr er fort: „Bist du des Lesens kundig?"

„Des Lesens?" gab ich ihm verblüfft zurück.
„Das lernt' ich wohl in meinen Kindertagen,
Denn mit sechs Jahren hebt die Schulpflicht an.
Der ärmste Bauer hat doch heut sein Buch."
Da flog ein Staunen durch die harten Züge;
Dann seufzt' er leis und fuhr sich an die Stirn:
„Ein Kind besiegt die Weisheit meiner Zeit!"

Wir horchten auf — da drüben auf der Straße
Erklangen Schritte; noch ein später Zecher,
Ein Bauersmann, ging seines Weges heim.
„Wem ist der Hörige da drüben eigen?"
frug Werinher; ich sah befremdet auf:
„Kein Höriger, ein Bürger ist des Staats,
Der hilft dem König Land und Volk regieren
Und über Grafen sitzt er zu Gericht
Im strengen Kreis der zwölf geschwornen Männer.
Mich deucht, es ist der Seewald von Elmau."
„Der Seewald!" — sprach der Mönch, sich lang besinnend.
„So steht sein Haus schon siebenhundert Jahr;
Sein Ahn war unser und der kühnste stets,
Wenn wir zur Wolfsjagd unser Volk entboten.
Haust es noch arg, das wilde Raubgezücht?"
„Das ist verschollen," sprach ich, „doch mit ihm
Auch jenes Wild, das einst den Forst durchbrauste!
Den Edelhirsch mit vierundzwanzig Enden,
Den denkt man nur mehr aus der fernen Sage,
Und wenig fehlt, so wird auch noch der Wald
Des schnöden Wuchers unbarmherz'ge Beute!
An alle Schönheit legt die Säge Hand."

Da schlug's im Turm. Er bebte. „Welch ein Laut?"
Ich aber sprach. „Das ist das Maß der Zeit."
„Auch wir," sprach jener, „haben sie gemessen,
Die Sonnenuhr gab uns die Stunde an;
Doch in der Nacht war alles eins und gleich,
Die Zeit stand still, auch sie bedarf der Ruhe.

Ihr aber zwingt sie aus dem Schlaf. Mich deucht,
Ihr habt die Sonne in den Turm gekerkert,
Auf daß sie rastlos euch die Stunden teilt;
Wir sahen nur die Zeit, ihr hört sie gehn."

„Beklag es nicht, viel reicher ist das Leben,
Das nur durch Sonnenschein und Nacht sich teilt,
Als wenn man immer zählt. Glaub' mir: die Zeit
Geht erst so rasch, seit man sie gehen hört.
Und so erwuchs in unserem Geschlecht
Der Fieberdrang, sie rastlos einzuholen;
Geschwindigkeit ward uns das höchste Ziel."

„Auch uns," sprach jener, „stand dies Ziel gar hoch;
Oft, wenn Gefahr uns von den Feinden drohte,
Galt es zu reiten ruhlos Tag und Nacht.
Einmal war alles uns daran gelegen,
Dem stolzen Bischof, der in Augsburg saß,
Noch unsern Rat durch sichre Hand zu künden,
Eh' ihn der römische Legat gekirrt.
Wir hatten damals einen Hengst im Stall,
Ein Rappe war's, und einen jungen Fant,
Der macht' sich auf beim ersten Hahnenschrei
Und eh' es dämmert', war er schon am Ziel.
Damals ward weit und breit der Ritt gerühmt,
Das war das schnellste Roß in jener Zeit."

„Und doch hat unsre noch ein schnellres Roß;
Den langen Weg, den euer Bote ritt,"

Sprach ich, „macht unser Roß in wenig Stunden,
Denn seine Sehnen sind von hartem Stahl
Und Feuer ist die Nahrung, die es heischt;
Habt Ihr vom Dampfroß nie erzählen hören?"
Da schlug der Mönch mit finstrem Blick ein Kreuz:
„Lügt Ihr mir vor von Wodans wilder Jagd?
So seid Ihr mit dem bösen Geist im Bund?"
Ich aber sprach: „Das schuf kein böser Geist,
Das sind die heil'gen Kräfte der Natur,
Die Gott uns aufschloß und das eigne Denken."
Da nickt' er stumm. „Wohl ist es lange Zeit,
In siebenhundert Jahren läßt sich vieles
Ersinnen, wenn man rastlos sinnt wie ihr.
Ich aber fühl's, ich möchte nimmer leben;
Denn winzig klein erscheinen selbst die größten
Von uns in eurer riesengroßen Zeit.
Wie viele Wunder soll ich heut noch hören?"

Wir schwiegen still, da klang ein Schuß herüber
Vom andern Ufer; durch die Berge hin
Erscholl in stiller Nacht der Widerhall.
„Das ist wohl einer, der aufs Wildern geht,"
Begann ich lauschend, „mich bedünkt, der traf!"
„Seltsam," sprach jener, „solchen Widerhall
Gab unser Speer nicht an der stärksten Eiche."
„Des Speeres," rief ich, „sind wir längst entwöhnt!
Und nicht des Armes Kraft treibt das Geschoß.
Da ist ein Sandkorn, schwarzem Staube gleich,
Allein die Riesenkräfte von Dämonen

Ruhn in dem Staub, wenn er zum Himmel flammt.
Wir nennen's Pulver und ein stiller Mönch,
Mit Namen Berthold, band den Dämon los.
Kein Schild beschirmt vor seinem Todesblitz,
Kein Held ist stark genug vor dieser Kraft,
Nur eine Handvoll tötet einen Leu'n."
Da faltet' Werinher die hohe Stirn
Und sprach im Zorn: „Beim heiligen Quirin!
So tauscht ihr Tapferkeit und Mannesmut
Nur gegen Hinterlist und Zufall ein:
Wie Hagen einst den stolzen Siegfried fällte
Von hinterrücks und ohne Kampf im Kampf,
So mögt ihr jetzo jeden Helden fällen
Aus feiger Ferne, denn den stärksten Mann
Begleitet nimmer schützend seine Stärke."

„Wohl liegt ein wahrer Kern in deinem Wort,"
So hub ich an, „doch jene neue Kraft
Bringt neues Gute auch. — Der Pulverdampf,
Das sind die Wolken heutzutag, in denen
Das große Schicksal ganzer Völker steht.
Im Pulverdampf erstand so manches Reich,
Das Pulver half uns stundenlange Wege
Durchs Herz der Felsen bann — doch ward es auch
Ein Samenkorn für manche düstre That.
Sind wenig Monde doch seitdem verflossen,
Daß sie den großen Kaiser selbst bedroht,
Der uns des Reiches Glanz erneut und schirmt;
Um Haaresbreite war's um ihn geschehn."

„Fluch auf den Mörder!" zürnte Werinher.
„Stand er im Feld? Wer waren seine Feinde?
Künd mir vom Reich und seinen Kämpfen mehr.
Gewiß sind's wiederum die wilden Hunnen;
Auch unser Kloster legten sie in Schutt!"

Ich mußte lächeln. „Nein, der Hunnen Volk
Ist längst vom Sturm der Zeiten fortgeweht.
Nach blut'gem Kampfe steht die Ostmark jetzt
Im Frieden mit dem Reich. Im Westen,
Wo sich des Frankenreiches schlimme Erben
Verschworen haben gegen deutsches Blut,
Da sandte Gott ein fürchterlich Gericht.
Die sind zerschmettert — Land und Thron und Ruhm.
Doch jeder Sieg gebiert uns neue Feinde
Und an der Größe rankt der Neid empor."
Da leuchtete dem alten Mönch der Blick:
„Ei was! viel Feinde bringen auch viel Ehr';
Das deutsche Reich braucht keinen Feind zu scheu'n.
Sein Volk ist zahllos wie der Sand am Meer,
In seinen Gauen herrscht mit starker Hand
Manch tapfrer Herzog, hundert edle Grafen
Und mancher Bischof, mächt'ger noch als sie;
Auch unterm Krummstab wohnt ein wehrhaft Volk,
Das soll man alles zu den Waffen rufen,
Das sollen sie mit ihrem Segen fei'n,
Auf daß sie streiten für des Kaisers Recht,
Auf daß sie sterben für des Kaisers Ehr'.
So war's der Brauch der alten guten Zeit."

„So war's der Brauch!" fiel ich ihm zögernd ein,
„Doch andre Zeiten brachten andre Sitten.
Wohl hegt der Krummstab noch ein wehrhaft Volk,
Doch seine Wehre kehrt sich wider uns.
Rom ist der Heerbann, dem sie heute folgen,
Und lüstern lugen sie dem Fremden zu,
Daß er das Reich in alten Hader spalte.
Ja, als man den Gedenktag jüngst beging
Des großen Siegs, den unser Heer errang,
Da weigern sie das heilige Geläut
Sogar im alten Kaiserdom zu Speyer."

Da fuhr der Mönch mit wildem Ingrimm auf
Und an den Schläfen pocht ihm jede Ader:
„Sie säen Wind, so sei die Ernte Sturm!
Fluch ihnen," rief er, „die das eigne Land
In Hader spalten! Acht und Aberacht
Treff' ihre Häupter, bis der Tod sie trifft!
So war's das Recht in unsrer alten Zeit,
Wenn's einer wagte und dem Kaiser je,
Dem er die Treue schwur, die Treue brach. —
Nun möcht' ich leben," fuhr er flammend fort,
„Dann zög' ich aus und wollt es ihnen weisen
Mit Eisenworten, was dem Manne ziemt;
Nun möcht' ich leben und möcht' wieder singen —
Ein Heldenlied, ein Lied — von deutscher Treu!"

So sprach der Mönch, der Dichter Werinher,
Und mit der Rechten fuhr er an die Seite,

Als trüg' er noch das riesenlange Schwert,
Womit er einst die Lenden sich gegürtet,
Wenn es der Heimat Recht und Ehre galt.
„Nun möcht' ich l e b e n!" war sein letztes Wort.

Da schlug's im Turm und die Gestalt verschwand.
Ich aber stand allein auf öder Straße!
Mit blauem Schimmer glänzt das Mondenlicht,
Hoch im Gebirg lag silberhell der Schnee
Und in den Dörfern schlummertiefer Friede!